하늘새 대문집

하늘색 대문집

펴낸날　　초판 1쇄 2017년 6월 30일

지은이　　김정례
펴낸이　　서용순
펴낸곳　　이지출판

출판등록　1997년 9월 10일 제300-2005-156호
주　소　　03131 서울시 종로구 율곡로6길 36 월드오피스텔 903호
대표전화　02-743-7661　팩스　02-743-7621
이메일　　easy7661@naver.com
디자인　　박성현
인　쇄　　(주)꽃피는청춘

값 13,000원

ISBN 979-11-5555-070-0　03810

이 도서의 국립중앙도서관 출판예정도서목록(CIP)은 서지정보유통지원시스템 홈페이지
(http://seoji.nl.go.kr)와 국가자료공동목록시스템(http://www.nl.go.kr/kolisnet)에서 이용하실
수 있습니다.(CIP제어번호: CIP2017014196)

하늘새 대문집

김정례 수필집

이지출판

마무리도 덜된 원고를 서둘러 출판사에 넘겼다. 더 이상 망설이거나 미루지 않으려면 스스로를 벼랑 끝에 세워야 할 것 같아서였다. 각종 출판물이 넘쳐나는 요즘. 하나를 더 얹어 보태는 것 같아 조심스럽다.

나의 글쓰기는 아버지의 죽음에서 출발했다. 고난과 역경으로 점철된 한 인생의 소멸. 그것은 슬픔을 넘어 충격이었다. 그분이 남기신 것은 낡은 옷가지 몇 벌과 책 몇 권, 먹다 만 약봉지가 전부였다. 머지않아 내게도 그날이 닥칠 것이라는 자각이 나를 흔들어 깨웠다. 두 딸에게 어미가 살아온 삶의 흔적을 글로 남기기로 마음먹었다. 그리고 겁도 없이 달려들었다.

나는 문학소녀도 아니었고, 글쓰기로 칭찬 한번 받아 본 적이 없다. 상 한번 받은 적도 없다. 어떤 이들처럼 꾸준히 일기를 쓰지도 않았다. 나의 글은 거대담론이나 철학적 사유 같은 것은 없다. 지극히 개인적이고 소박하며 서툴다. 그러나 진정을 담았다.

　책으로 엮어 놓고 보니 설렘 반 두려움 반이다. 색동저고리에 다홍치마 입히고 곱게 머리 올려 딸을 시집보내는 어미의 심정이다.

　부지런하지 못하여 소걸음으로 걸어왔다. 여기까지 이끌어 주신 손광성 선생님과 좋은 평설을 써주신 김우종 선생님께 깊이 감사드린다. 내 글의 첫 번째 독자가 되어 준 오름문우회 동인들과 이지출판사 서용순 대표에게도 감사드린다.

　남편과 두 딸, 사위들. 지금 한창 말을 배우고 있는, 그래서 내 삶의 활력소가 되어 주는 손녀 서현이. 그리고 가족 모두에게 감사한다. 어쨌거나 기쁘다.

2017년 여름 문턱에서

김 정 례

차례

책머리에   4

평설 ｜ 김정례의 수필세계
　　　사랑과 평화의 메시지   김우종   187

1. 아직은 유월인 것을

파이팅! 나의 이웃들   13

빙수예찬   20

막냇동생이 태어나던 날   23

나는 도시농부   29

오지라퍼로 남느냐 마느냐 그것이 문제로다   36

팜파를 달리며   44

전봇대   50

아직은 유월인 것을   53

2. 나는 잠시 천사였다

하늘색 대문집 59

황제의 어깨에 달린 금단추가 아니어도 좋다 65

내가 닭고기를 먹지 않는 이유 70

한강대교의 사계 75

전철 안 풍경 82

지하철 안의 색소폰 연주 90

이젠 양파라 불러도 좋다 95

나는 잠시 천사였다 99

3. 어머니의 꽃밭

있을 때 잘 하세요 105

Here and Now 112

숫자가 지배하는 세상 117

가을걷이를 하며 123

나는 따지지 않기로 했다 127

우리 집 고양이 차차 132

아버지는 뭐라 하실까? 139

어머니의 꽃밭 144

4. 당신의 친절, 사양합니다

내 어린 날의 삽화   151

매미와 잠자리   157

나의 첫 빙수   160

당신의 친절, 사양합니다   164

친구 만나고 출연료 받고   167

운 베쏘Un beso에 전염되다   175

어느 산모   179

대왕참나무   181

귀여운 나의 공주   185

1. 아직은 유월인 것을

파이팅! 나의 이웃들

빙수예찬

막냇동생이 태어나던 날

나는 도시농부

오지라퍼로 남느냐 마느냐 그것이 문제로다

팜파를 달리며

전봇대

아직은 유월인 것을

빙수 맛은 얼음 맛이 반이다.

우박같이 서걱거리거나 진눈깨비같이

죽이 된 얼음은 일단 NG.

함박눈처럼, 솜사탕처럼 결이 고운 얼음이라야 Good.

씹을 것도 없이 스르르 녹아 그 상쾌함을

온몸으로 전하는 얼음의 융해.

맛없음으로 다른 재료의 맛을 세워 주는 얼음의 무미.

유리그릇 속에 소복이 담긴 몽블랑 산.

파이팅! 나의 이웃들

　며칠 만에 저녁 산책길에 나선다. 하늘은 낮은 구름이 드리워 있고 공기는 맑고 상쾌하다. 나의 산책 코스는 봉현초등학교 교문 앞에서 국사봉 터널까지. 두 번 왕복하는 데 한 시간 걸린다. 유월의 가로수와 담쟁이넝쿨이 마주 보고 경쟁하듯 푸르름을 자랑하고 있다. 이곳은 몇 년 전까지만 해도 나무 한 그루 풀 한 포기 없던 삭막한 곳이었다.

　지금은 가로수를 심고 담쟁이넝쿨과 아이비를 올리고 그늘진 곳에 옥잠화, 비비추, 구절초를 심어서 제법 산책길다운 면모를 갖추었다. 운동화 끈을 고쳐 매고 어깨를 펴고 전봇대를 터치한다. 그리고 나의 몸에 시작 신호를 보낸다.

"렛츠 고우!"

길을 걷다 보면 자주 만나는 사람들이 있다. 첫 번째 만나는 사람은 대개 통통한 아줌마와 딸인 듯한 아이다. 그들은 시시덕거리며 장난을 치기도 하고 이어폰을 한 짝씩 나누어 귀에 꽂고 행진하듯 걷곤 한다. 딸과 사이가 좋아 보인다. 몇 년째 같은 시간대에 걷고 있는데 요즘 들어 눈에 띄게 배가 홀쭉해졌다. 다이어트에 성공한 모양이다.

'축하합니다! 다시 찌지 않게 조심하세요!'

나는 마음속으로 응원을 보낸다.

그들과 엇갈려 조금쯤 지나면 십중팔구 또 한 사람을 만나곤 한다. 마라토너다. 작은 체구에 군살이라곤 하나도 붙지 않은 서른서넛쯤 되어 보이는 남자. 늘 개구쟁이처럼 야구 모자를 거꾸로 쓰고 달린다. 낙엽처럼 가벼울 것 같은 이 남자는 한 번 뛸 때마다 일 미터씩 전진하는 것 같다. 그에게서는 늘 스킨 냄새가 난다. 바람결에 묻어 오는 남성적 향기. 예전에 남편을 처음 만났을 때 나던 그 냄새 같다. 신선한 추억이란 이런 것일까?

한 십 분쯤 지나면 길 오른쪽에 구암중학교가 나온다.

한 무리의 아이들이 교문을 나서고 있다. 사춘기를 통과하고 있는 그들에게서는 비릿한 청춘의 냄새가 난다. 몇몇 아이들이 싸움 같은 장난을 치며 서로 치고 박고 난리다. 한쪽에선 아파트가 들썩거리도록 고래고래 고함을 지르며 유행가를 불러 재낀다.

천년을 살아도오
난 너를 잊지 못해
사랑하기 때문에에.

'녀석들, 니들이 사랑이 뭔지 알기나 하냐?'
코웃음이 나오는 걸 참는다. 나도 한때 저런 시절이 있었으니까.
이제부터는 약간 으슥한 오르막길이다. 야트막한 동산 곁을 지나가게 된다. 길가에 몇 대의 덤프트럭과 승용차들이 노숙하고 있다. 몇몇 승용차 안에서는 청춘남녀들이 사랑의 밀어를 나누고 있고, 후미진 곳에서는 택시 기사들이 잠시 눈을 붙이거나 생리현상을 해결하기도 한다. 이따금 구청에서 주차 단속을 나와 과태료 딱지를 붙여

놓고 바람같이 사라지곤 한다. 꼭 심술궂은 시누이 같다.

가까이에서 물 떨어지는 소리가 난다. 장마가 잠시 걷힌 뒤에도 자주 듣게 되는 소리다. 가까이 가니 옹벽에 꽂아 놓은 파이프에서 맑은 물이 쏟아지고 있다. 이렇게 되면 길이 물에 잠겨 건널 수가 없다. 마주 오던 사람이 먼저 보도 가장자리를 아슬아슬 건너온다. 잠시 기다렸다가 그가 오던 가장자리를 밟고 나도 건넌다. 발밑의 물이 두렵다.

빠지면 안 돼!
정신을 집중하고
균형을 잘 잡고
자, 건너라!

어린 시절에는 일부러 물웅덩이에서 '잘박잘박' 장난을 쳤었다. 잠시 비가 개면 비포장도로 곳곳에 작은 웅덩이들이 생겼다. 흰 구름 한 조각이 떠 있는 잔잔한 물웅덩이. 오른발을 살며시 들여놓으면 고기비늘같이 반짝이는 작은 파문이 일었다. 이어서 버섯구름 같은 흙탕물 앙금이 솟아올랐다. 왼발을 마저 담근다. 흙물이 맑은 물 사이

하늘색 대문집

로 잉크처럼 퍼져 나갔다. 그리고 두 발을 첨벙거려 웅덩이 전체를 흙탕물로 만들었다. 무슨 심보였을까? 까닭 없이 통쾌했다. 다른 웅덩이를 찾아 같은 장난을 또 쳤다. 집으로 돌아가면 영락없이 엄마한테 꾸지람을 들었다.

"또 적셔 왔냐? 장마철에 신발 말리기도 어려운데, 내일은 그냥 신어!"

어머니는 멀리 아르헨티나에 계신데 어깨너머로 어머니 목소리가 들리는 듯하다.

국사봉 터널 위 반환점에 다다른다. 신호를 기다렸다가 길을 건넌다. 이곳부터는 아파트 담장을 끼고 걷게 된다. 갖가지 생활 소음이 들려온다. 걸음을 옮길 때마다 소리도 달라진다. 어느 집 창문으로 압력솥이 '칙칙' 소리를 내며 밥을 짓고 있다. 식탁이 세팅되어 있고 방금 퇴근한 배고픈 가장이 젓가락으로 반찬을 집어 먹으며 밥이 빨리 되기를 기다리고 있는 모습이 보인다.

그 집을 지나자 이번에는 샤워 소리가 들린다. 남자일까? 여자일까? 여자로 가정하기로 한다. 방금 집에 돌아온 젊은 여성이 샤워를 하고 있다.

머리에는 샤워 캡을 쓰고 새로 산 보디클렌저의 라벤더

향기를 음미하며 거품을 내고 있다. 가늘고 하얀 손가락 사이로 거품이 빠져 나온다. 늘씬한 키와 뽀얀 속살, 에스라인 곡선이 아름답다. 천천히 샤워 타월에 일어난 거품으로 몸을 닦는다. 하얀 거품이 면사포 망사처럼 그녀의 몸을 감싼다. 거품 마사지가 끝나고 샤워기 아래로 다가선다. 물에 씻긴 거품이 몸의 곡선을 타고 흘러내린다. 고단했던 하루도 물에 씻겨 나간다.

거울 앞으로 다가선 여자가 살짝 미소 지으며 찬찬히 자신의 얼굴을 뜯어본다. 콧날이 약간 낮은 것이 불만이다. 여름휴가를 이용해 콧대를 세워 볼까? 싱싱한 젊음 그 자체가 아름다움이라는 걸 그녀는 아직 모른다. 노쇠의 길로 접어든 나의 모습이 거울 속에 오버랩 된다. 탄력을 잃은 피부, 비대해진 몸매. 나에게도 젊고 싱싱했던 시절이 있었는데…. 나는 '거울도 안 보는 여자'가 된 지 이미 오래다.

저만치 송아지만 한 흰 진돗개를 끌고 오는 아줌마가 보인다. 비로소 나는 상상에서 깨어난다. 가끔 만나는 저 큰 개는 공포의 대상이다. 개를 끌고 나오지 말라고 말해 주고 싶다. 목구멍까지 차오르는 말을 삼키며 지나가기를 기다렸다가 다시 걷는다. 어느 집에선가 아홉 시 뉴스시간을 알리는 시그널 뮤직이 들려온다. 오늘의 미션이 거의 끝나가고 있다는 신호음이다. 쪽문 앞 과일장수 아저씨는 비 때문에 나오지 않았다. 낡은 차가 서 있던 자리가 휑하다. 액자를 떼어 낸 자리처럼. 아니, 멀리 떠나버린 사람이 남기고 간 빈자리처럼. 존재가 떠난 공간은 언제나 허무를 남긴다.

산책길에서 만나는 이웃들. 얼굴 생김새만큼이나 생각도 삶의 방식도 다르겠지만 같은 시간대와 같은 공간에서 살다가는 존재란 점은 다르지 않아서일까? 막연한 친근감을 느낄 때가 많다. 나의 이웃들이여, 오늘도 파이팅!

빙수예찬

여름철 더위를 한방에 날려 버릴 수 있는 것으로 빙수만한 것은 달리 없다. 청량음료나 아이스크림, 아이스커피 같은 것들도 있지만 맛으로나 시원함으로나 화려함으로나 빙수가 으뜸이다. 찌는 듯이 더운 날. 단팥을 듬뿍 얹은 팥빙수 한 그릇과 마주 앉으면 세상 부러울 것이 없다.

빙수는 여름 음료의 대명사다. 5월 초. 아직은 덥지 않은 날씨. 제과점 윈도에 나붙은 먹음직스런 빙수 사진 한 장. 잠시 걸음을 멈추고 눈으로 맛을 본다. 그리고 보암직하고 먹음직한 올해의 빙수를 신랑감 고르듯 골라 찜해 놓는다. 이제 저만치 다가오고 있는 여름을 기다리기만 하면 된다.

무더위에 만나는 친구는 시원한 냉면과 팥빙수 한 그릇을 함께 나누면 그것으로 족하다. 이참에 간택해 놓았던 '올해의 빙수'도 맛보면서 더위를 잠시 잊어 보는 것도 좋으리라.

빙수 맛은 얼음 맛이 반이다. 우박같이 서걱거리거나 진눈깨비같이 죽이 된 얼음은 일단 NG. 함박눈처럼, 솜사탕처럼 결이 고운 얼음이라야 Good. 씹을 것도 없이 스르르 녹아 그 상쾌함을 온몸으로 전하는 얼음의 융해. 맛없음으로 다른 재료의 맛을 세워 주는 얼음의 무미. 유리그릇 속에 소복이 담긴 몽블랑 산.

빙수 한 그릇을 앞에 놓자마자 얼음과 토핑을 몽땅 섞어 죽처럼 만들어 먹는 사람은 빙수의 참맛을 모르는 사람이다. 빙수는 오감으로 먹어야 한다. 투명한 유리그릇에 푸짐하게 담긴 빙수. 먼저 눈으로 맛보라. 보는 것만으로 이미 이마의 땀쯤은 사라져 버릴 것이다. 이제 그릇을 살살 돌려가며 토핑이 얹힌 설산 한 귀퉁이를 삽죽 떠서 입안에 넣어 보라. 단팥, 찰떡, 연유, 생과일, 시리얼, 아이스크림… 토핑에 따라 입 안 가득 느껴지는 달콤함과 향긋함. 사르르 녹고, 살캉 씹히고, 와삭 부서지고, 쫀득하게 씹힐 것이다. 한 잔 술기운이 온몸에 퍼지듯, 그 시원함이 스르르 퍼질 때의 상쾌함. 남아 있던 더위까지 몽땅 날려 보냈는가? 이제 수다나 떨며 휘휘 저어 먹어도 좋다.

빙수는 변신의 귀재다. 전통적인 팥빙수를 비롯해서 과일빙수, 녹차빙수, 와인빙수, 아이스크림빙수, 에베레스트빙수…. 어떤 음료가 이렇게 다양한 맛과 모양과 이름으로 변신할 수 있을까? 그 시대 사람들의 입맛과 취향에 따라 변하고 변하여 길거리 음료에서 제과점과 호텔 커피숍까지 신분 상승을 한 귀하신 빙수. 변해야 산다는 요즘의 생존 법칙. 빙수의 변신에서 그것을 배워도 좋으리라.

빙수 한 그릇을 함께 먹는다는 것은 친밀감의 표현이다. 차가운 것을 함께 먹음으로써 따스한 사이가 되는 것. 이 멋진 빙수의 역설. 젊은이들이여, 사랑하고 싶은가? 그렇다면 빙수 한 그릇을 함께 먹어 보라. 그대들 사랑에 불이 붙을 것이다.

막냇동생이 태어나던 날

　포근한 겨울날이었다. 배가 불렀던 엄마의 모습은 생각
나지 않는다. 다만 그날 아침 왠지 집안 분위기가 어수선
했다. 아버지가 조용히 나를 부르시더니 "엄마가 아기를
낳으려고 배가 아프다, 그러니 동생들을 데리고 밖에 나
가 있어라" 하고 말씀하셨다.

　그리고 처음 보는 '라면'이라는 것을 끓여 대접에 퍼주
셨다. 라면은 엄마가 풀어 놓은 낡은 스웨터의 꼬불꼬불
한 실뭉치가 국물에 담겨 있는 것 같았다. 국수 같기는 한
데 국수는 아닌 것. 하지만 꽤나 맛이 있었다. 잠시 우리
아버지는 좋은 아버지라고 생각했다. 아버지한테 맛있다
거나 고맙다거나 말하고 싶었는데 무슨 말을 해야 할지

몰라 아무 말도 하지 못했다. 내 기억의 창고에는 지금도 '三養라면'이라고 쓴 선명한 오렌지색 비닐봉지가 한 장의 사진으로 저장되어 있다.

그 다음 어떤 일이 있었는지는 생각나지 않는다. 나는 남동생과 여동생을 데리고 집에서 쫓겨나다시피 나왔다. 아버지가 부르실 때까지 동생들을 데리고 있어야 했다. 멀리 가도 안 되었고 마땅히 갈 곳도 없었다.

아랫집 현희네 처마 밑에 쪼그리고 앉아 그냥 시간을 보내고 있었다. 햇살은 따사로웠고 며칠 전 내린 눈은 햇빛을 받아 하얗게 반짝이고 있었다. 기왓장에 매달려 있던 고드름을 타고 맑고 투명한 물방울이 떨어져 내렸다. 손가락을 대보았다. 물방울이 은빛 알갱이로 부서지며 사방으로 퍼졌다. 발밑으로 눈 녹은 물이 작은 도랑을 이루며 흘러내려가고 있었다.

도랑물은 눈 위에 뿌려졌던 연탄재 때문인지 살구색이었다. 연탄재 알갱이들이 흐르는 물에 쓸려 흘러가다가 낮은 턱에 모여 연필로 그린 듯 하나의 평행선이 이루어졌다. 작은 낙엽 조각 하나가 떠내려가다가 그것에 걸렸다. 도랑에는 이내 작은 둑이 생겼다.

손가락으로 둑을 터 주었다. 갇혀 있던 물이 평행선 둑을 허물며 빠르게 흘러갔다. 물은 어디로 흘러가는 것일까? 흐르는 물과 함께 어디론가 떠나고 싶었다. 나는 좀 슬픈 심정이 되어 있었던 것 같다. 그 어린 나이에.

우리들 중 아무도 장난치거나 말하지 않았다. 동생이 생긴다는 사실이 기쁘지도 않았다. 불과 한 시간 전까지만 해도 라면을 끓여 나를 기쁘게 해 주신 아버지가 엄마와 새로 태어난 동생과 행복해하는 모습이 자꾸 떠올랐다. 나는 갑자기 낯선 곳에 버림받은 기분이었다. 눈물이 날 것 같았다.

"추운데 왜 이렇게 나와 앉았나?"

동네 아저씨가 지나가다가 우리를 보고 말을 건넸다.

"울 엄마 애기 낳았어요."

"거 자알 됐네. 그래 뭐 낳냐?"

"아들이요."

나는 힘없이 말했다.

얼마 동안 그곳에 그렇게 있었는지는 생각나지 않는다. 다만 점심에도 저녁에도 아버지가 그 맛있는 라면을 끓여 주셨다는 사실이다. 라면 먹는 맛에 드디어 동생이 태어났다는 사실이 기쁘기 시작했던 것 같다.

저녁 설거지를 자청했다. 수세미에 빨래비누를 잔뜩 문혀 라면 그릇을 닦았다. 비누거품도 일지 않았고 기름기로 그릇은 미끈거렸다. 설거지를 어떻게 끝냈는지는 생각나지 않는다.

"김씨!"

밖에서 아버지를 부르는 소리가 들렸다. 아버지가 신발을 끌며 밖으로 나가셨다.

"정례 엄마!"

동네 아줌마들은 엄마를 불렀다. 저녁 내내 동네 사람들이 하나둘 다녀갔다. 문 밖에서 우리 이름을 부르든가 아버지를 불러 미역이나 짚으로 싼 계란꾸러미를 놓고 갔다. 핏빛이 배어 있는 신문지에 싼 것도 있었다. 정육점을 하는 원섭이 엄마가 가져왔을 거라는 것을 금세 알 수 있었다.

며칠이 지났을까. 대문 양쪽 기둥에 빨간 고추와 숯덩이를 끼운 새끼줄이 쳐졌다. 신기했다. 나는 틈만 나면 그 새끼줄 밑에 서 있곤 했다.

"남동생 봐서 조~옷겠네."

동네 사람들이 지나가며 웃는 얼굴로 말을 건넬 때마다 나는 또 기분이 좋았다. 라면을 먹었을 때처럼.

언제 오셨는지 산바라지를 해 주러 고모할머니도 오셨다. 그분도 싱글벙글 기쁜 표정이셨다. 뭔지 모르지만 우리 엄마가 큰 공을 세운 것 같아 나까지 덩달아 우쭐했다.

고모할머니는 이따금 엄마의 소고기미역국을 한 국자 떠서 내 밥 위에 은밀히 얹어 주셨다. 구수한 소고기를 씹고 또 씹었다. 미역국을 먹는 맛에 나는 또 한 번 동생이 태어났다는 사실이 기뻤다. 이래저래 그해 겨울 나는 매우 행복했다.

나와 아홉 살 차이가 나는 남동생은 그렇게 나의 동생이 되었다. 녀석이 초등학교를 졸업했다. 그리고 이태 후 아버지는 온 가족을 데리고 아르헨티나로 이민을 떠났다. 지금 모두들 그곳에 살고 있다. 나는 막 결혼을 한 후라 따라갈 수 없었다. 좁혀지지 않는 아홉 해의 간격만큼이나 떨어진 채 각자의 둥지를 틀고 이제는 같이 늙어 가고 있다.

동생이 태어나던 날 아침 내가 느꼈던 막연한 슬픔. 어쩌면 그것은 부모님과 동생들이 나와는 아득히 떨어져

살게 될 것을 미리 예감한 데서 오는 슬픔이었던 것은 아
닐까? 나이 오십을 넘었는데도 나는 가끔 그날 아침처럼,
낙숫물이 떨어지는 현희네 처마 밑에 쪼그리고 앉아 있곤
한다.

나는 도시농부

　나는 자칭 도시농부다. 이렇게 말하면 근교에서 주말농장이라도 하는가 보다 생각할 것이다. 그러나 나의 텃밭은 차를 타고 가야 하는 곳이 아니다. 얼마간 걸어야 하는 동네 옆 공터도 아니다. 음식을 만들다가 양념으로 쓸 파를 냉큼 달려가 뽑아 쓸 수 있는 가까운 거리에 있다. 계단 16개만 오르면 되는 곳. 바로 우리집 옥상이 나의 텃밭이다.

　옥상에 오르면 푸른 하늘이 활짝 열리며 관악산이 한눈에 들어온다. 험한 산세가 자못 위협적이다. 가슴을 펴고 산의 정기를 받듯 마주 서 본다. 멀리 서울대입구역 사거리가 한눈에 내려다보이고, 흐르는 물결처럼 차량들의 움직임이 바쁘다. 빌라들이 숲을 이루는 언덕 꼭대기. 레몬빛 햇살이 따사롭게 내려앉고, 새들이 날아와 흙 목욕을 하고, 산들바람이 잠시 머물다 가는 곳. 작고 보잘것없는 텃밭이지만 나는 기꺼이 노동을 하고, 땀을 흘린다.

내가 주로 가꾸는 것은 쌈 채소다. 초기엔 열무와 김장 배추, 무, 갓도 심어 봤다. 그러나 초보농부는 진딧물과 배추벌레, 무당벌레와 싸우다 지쳐 두 손을 들고 말았다. 요즘은 상추, 쑥갓, 들깨, 비트, 치커리, 미나리, 민들레, 풋고추 같은 것들을 주로 가꾼다. 파와 부추, 비름나물과 피망, 방울토마토는 우리 텃밭의 터줏대감이다. 파는 일 년 내내 양념으로 쓰고, 부추는 김치도 담고 부침개도 부쳐 먹는다. 전문농부는 소품종 대량생산으로 집중하지만, 텃밭농부는 다품종 소량생산으로 분산을 선택한다. 하여 종류가 좀 많다 싶게 가꾼다.

어느 해인가 케일이 영양도 풍부하고 텃밭 농사에 좋다 하여 심은 적이 있다. 부지런히 물을 주며 공을 들였다. 그런데 본 잎이 한두 장 나오는가 싶더니 청벌레가 꼬이기 시작했다. 처음에는 손으로 열심히 벌레를 잡아 주었다. 그러나 한나절 지나 다시 들여다보면 어디에 숨어 있었는지 벌레들이 훌쩍 자라있고, 새로 등장한 좁쌀만한 벌레들이 꼬물거리고 있었다. 그렇다고 농약을 뿌릴 수도 없는 일. 하는 수 없이 공생하기로 생각을 바꾸었다.

"벌레야! 사이좋게 나눠 먹자꾸나!"

어쩌다 바쁜 일이 생겨 하루 정도 벌레잡기를 거르면 다음 날은 어김없이 줄기만 앙상하게 남아 있었다. 공생 불가. 그리하여 특단의 조치를 내렸다.

"병충해에 약한 채소는 영주권 발급 불허!"

나중에 안 일이지만 케일은 가을과 겨울, 벌레들이 번식을 멈추고 쉬고 있을 때 재배한다고 한다.

나의 하루는 텃밭에서 시작한다.

'초록이들이 밤새 얼마나 자랐을까?'

궁금하여 누워 있을 수가 없다. 주방에서 양푼 하나를 꺼내들고 계단을 오른다. 가장 먼저 눈길을 끄는 건 담장 높이만큼 자란 방울토마토. 밤새 이슬을 맞으며 나를 기다린 녀석들이 탱글탱글 빨강 몸으로 유혹한다. 잘 익은 놈 한 개를 따서 소매에 쓱 문질러 한입에 깨문다. 툭 터지며 퍼지는 적당히 비릿하고, 적당히 달달한 맛. 선명하게 구별이 되지 않는 물렁한 씨는 유전자를 세상에 남겨야 하는 막중한 소임을 다하지 못하고 입안에서 터져 버린다.

공복의 절반쯤은 텃밭에서 채운 다음 채소 잎을 따기 시작한다. 상추와 치커리, 쑥갓, 민들레, 비트 잎을 차례로 딴다. 엄지와 검지에 느껴지는 야들야들한 감촉. 윤이 나는 이파리. 시장 채소와는 비교가 되지 않는다. 잎을 솎아 주고 나면 막 이발을 마친 아이처럼 풋풋하고 사랑스럽다. 듬뿍 물을 뿌려 주는 것으로 고마움을 대신한다. 다음은 바람과 햇빛이 키울 차례다.

수확한 채소는 삼겹살을 구워 쌈을 싸 먹기도 하지만, 나는 주로 샐러드를 만들어 먹는다. 깨끗이 씻은 채소를 먹기 좋은 크기로 자른다. 양파는 얇게 썰어 적당량 채소와 섞어 놓는다. 방울토마토도 반으로 잘라 준비한다. 그리고 작은 유리병에 올리브 오일과 식초를 붓고, 약간의 설탕과 소금을 넣는다. 뚜껑을 닫고 설탕과 소금이 녹을 정도로 흔들어 준다. 식초와 오일이 섞이며 약간 걸쭉하고 뽀얀 소스가 만들어진다. 식성에 따라 새콤달콤한 농도를 맞추어 냉장고에 보관한다. 식탁에 내기 전, 채소 위에 방울토마토를 얹어 장식하고, 소스를 섞어 낸다. 싫증내지 않고 자주 먹을 수 있는 나의 샐러드 레시피다.

아마 여러분은 나를 부지런한 농부라고 생각할 것이다. 하지만 나는 결코 부지런한 농부가 아니다. 대부분의 농부들이 먼 산봉우리에 잔설이 채 녹기도 전에 땅을 뒤엎고 농사를 준비한다. 하지만 나는 벚꽃 잎이 눈처럼 흩날릴 즈음 16개의 계단을 올라 텃밭으로 나아간다. 제법 자란 새싹들이 나를 반긴다.

"올해의 농사는 무엇으로 할꼬?"

사방을 한번 훑어본다. 소매를 걷어붙이고 잡초와 불필요한 싹들을 뽑으면서 키우고자 하는 것들만 선별하여 남긴다. 어느 해인가, 지난겨울이 유난히 추웠다. 혹한을 이겨내고 자란 싹들이 대견하기도 하고, 아깝기도 하여 다 키웠더니 제대로 자라는 놈이 없었다. 어차피 농사도 인생도 선택과 집중이다. 마음을 다잡아야 한다. 이제 봄비가 촉촉이 내리는 날, 끼리끼리 제 동료들 곁으로 자리를 옮겨 주기만 하면 된다.

나는 씨를 뿌리지 않는다. 모종도 심지 않는다. 물을 주고, 벌레를 잡고, 잡초를 뽑아 주는 것은 내가 하지만 씨는 뿌리지 않는다. 바람에 날려 온 씨앗, 지난가을에 떨어진 씨앗, 다듬고 버린 채소 사이에 섞여 있던 씨앗이 스스로

싹 틔운 것을 선별하여 가꾸기만 한다. 스스로 생명을 움켜잡고, 혹한을 이겨내어, 마침내 구사일생으로 살아남은 새싹들. 나는 이 녀석들에게 살아갈 터전을 제공하고, 온정을 베푼다. 뿌리지 않은 곳에서 거두려 하지 말라고 하였지만 나는 뿌리지 않은 곳에서 거두기를 탐한다. 얌체 농부라고나 할까?

요즘 농촌에서는 거의 씨를 뿌리지 않고 모종을 사다 농사를 짓는다. 일찍 시장에 내놓아야 하고, 품도 덜어야 하기 때문이리라.

비닐하우스에서 한 철이나 앞서 포트에 심겨진 씨앗은 잘 맞춰진 온도와 습도 덕분에 일찍 싹을 틔운다. 빨리 키워 시세 좋을 때 돈으로 바꿔야 하기 때문에 서둘러 농사를 짓는다.

인간의 식물食物로 선택된 것들은 동식물을 가리지 않고 좀 더 크게, 좀 더 많이, 좀 더 때깔 좋게 개량되어 '빨리빨리' 자라기를 독촉받고 있다. 우리는 시간과 자연의 이치를 거스른 먹거리로 살아가고 있는 것이다.

어쩌면 옥상 텃밭에서 자란 것들이 자연에 가깝다고 믿는 것이 나의 착각일지도 모른다. 하지만 나는 나 하나만이라도 이 거대한 흐름을 거스르고 싶다. 올해도 나는 도심 한복판에서, 잡초를 뽑고, 벌레를 잡으며, 농사를 지을 것이다. 돈으로 모든 것이 다 해결되는 이 편리한 시대에 돈으로 살 수 없는 것을 나는 사는 것이다.

오지라퍼로 남느냐 마느냐
그것이 문제로다

우리 딸들은 나에게 오지랖이 넓다며 질색을 한다. 사람들은 참견하는 것을 싫어한다는 것이다. 요즘 세태가 남의 일에 관심도 갖지 말고 남이 내 일에 간섭하는 것도 용납할 수 없다는 태도인 것을 나도 잘 안다. 그런 분위기를 반영해서일까? 이런 사람들을 비아냥거리는 의미의 '오지라퍼'라는 신조어까지 생겼다. 그러나 나는 남의 일에 조금은 개입을 하자는 주의다. 개입이라는 말이 적합한지 아닌지는 잘 모르겠지만.

이를테면 이런 거다. 길을 가다 첫 단추를 잘못 끼운 오빠를 봤다든지, 아줌마가 남대문이 열린 채 다닌다든지, 쭉쭉빵빵 언니의 흰색 스커트 힙 부분에 붉은 것이 묻어

하늘색 대문집

있다든지, 이럴 경우 살짝 다가가 알려 주는 것. 이 정도의 참견은 국민의 신성한 의무이지 오지랖이 넓은 건 절대 아니라고 생각한다. 아마 내가 이런저런 모양으로 도움을 주거나 창피당할 일을 모면하게 해 준 걸 다 합해 보면 서울 시민의 절반은 좀 그렇지만 적잖은 숫자라는 사실을 아는 사람은 다 안다.

그런데 얼마 전, 이런 나의 '개입주의'를 심히 고민해야 하는 두 가지 일이 벌어졌다. 혼자 결단을 내리기에는 사안이 너무 중대하여 이 글을 쓰고 있다. 이 글을 읽는 독자들은 나에게 진정어린 조언을 부탁한다.

추운 날씨에 눈까지 펑펑 내리는 밤이었다. 우리 집은 언덕배기에 자리하고 있어 눈이 조금만 내려도 차가 끊긴다. 아직 귀가하지 않은 딸이 걱정되었다. 창밖을 내다보니 눈발은 더욱 굵어져 앞을 가늠하지 못할 정도로 쏟아지고, 비상등을 켠 승용차 몇 대가 엉금엉금 기어 귀가를 재촉하고 있었다. 주먹만 한 눈송이들이 가로등 불빛을 향해 마구 달려드는 모습을 잠시 바라보고 있었다. 한순간 거리는 적막에 잠기며 자동차도, 사람들의 발길도 뚝 끊겼다.

그렇게 잠깐 시간이 흘렀다. 멀리서 라이트를 비추며 택시 한 대가 조심조심 경사진 길을 내려오고 있었다. 길가에 차를 대자 한 중년 남자가 내려 아파트 단지 안으로 사라졌고 택시는 천천히 유턴하여 우리 집 앞에 다다랐다. 나는 침을 꼴깍 삼켰다. 운전자의 눈길 주행 실력을 관찰하는 재미 때문이었다.

'콱 밟고 올라가야지 그 정도 속도로 눈 내린 언덕을 올라가겠나?'

내 마음속의 악동이 기사를 비웃었다. 아니나 다를까, 액셀을 밟아 보지만 요란한 엔진 소리와 삐뚤빼뚤한 바퀴자국만 남기고 차는 뒷걸음질쳤다. 기사는 숨을 고르듯 잠시 멈추었다가 다시 언덕을 올라가려고 안간힘을 썼다. 하지만 차는 다시 제자리로 돌아갔다. 대여섯 차례 오르내리기를 반복하며 애를 써도 헛바퀴만 돌 뿐, 눈 쌓인 언덕은 길을 터주지 않았다.

'땡- 눈길 주행 시험 탈락! 저 아저씨, 오늘 날 샜네.'

그때부터 내 속의 오지라퍼가 슬슬 시동을 걸어왔다.

'조금 전에 내린 손님과 한동네 사는 주민의 예의로, 대신 사과는 못할망정 빠져 나갈 길이라도 알려 주어야

하늘새 대문집

하지 않을까?'

오리털 파카를 찾아 입고 털모자, 장갑, 부츠까지 월동 장비를 고루 갖추고 4층에서 아래로 내려갔다. 칼바람이 폐부 깊숙이 파고들었다. 아저씨는 승산 없는 씨름을 계속하고 있었다. 조수석 문을 두드렸다. 기사 양반은 눈길도 주지 않은 채 손사래를 쳤다. 문을 내려보라고 손짓 했지만 상대 안하겠다는 태도였다. 나를 손님으로 오해한 것 같았다. 다시 유리문을 두드리며 큰 소리로 말했다.

"아저씨 타려는 게 아니고요, 이 길로는 못 올라가거든요. 후진하셔서…."

'아파트 안길로… 들어가야 하는데….'

나의 말은 엔진의 소음과 뒤섞였고 마지막 말은 소리가 되어 나오지 못하고 입속에서 맴돌다 사라졌다. 그의 옆모습이 눈에 들어왔다. 나이는 오십 중반 정도 돼 보였다. 눈꼬리는 치켜 올라가고 볼은 빵빵하게 부풀어 올라 터지기 직전의 풍선 같았다. 이분은 방금 전에 내린 마지막 손님을 원망하다가 나에게 그 불만을 터뜨리고 있는 게 분명했다.

'뭣 모르고 산꼭대기 손님을 태워 이렇게 개고생인데

태워 달라고? 흥, 어림없닷!'

뭐 이런 투로 투덜대고 있었을 것이다. 친절을 거부당한 나는 머쓱하니 눈 속에 그대로 서 있었다. 남자는 다시 후진을 하더니 이번엔 감정을 있는 대로 발끝에 실어 액셀을 밟았다. 산동네에 오래 살다 보니 엔진소리만 들어도 나는 안다. 이번엔 탈출에 성공할 것이라고 확신했다. 차는 낚시에 걸린 커다란 잉어가 몸부림치듯 눈길 위를 그렇게 꿈틀대며 올라갔다. 그날 난 결심했다.

'에라, 모르겠다. 이제부터 남의 일에 신경 끄고 구경이나 하며 살자' 라고.

그런데 그 일이 있은 지 얼마 지나지 않아 또 한 가지 일을 저지르고 말았다. 사건의 전말은 이렇다. 을지로 3가에서 지하철을 탔다. 삼성역까지 가야 했으므로 자리에 앉고 싶었다. 그때 누군가한테서 들었던 말이 떠올랐다.

"지하철을 탔을 때 밖을 내다보거나 두리번거리는 사람 앞에 서면 앉을 자리 백 프로 당첨이야."

문 옆에 앉아 있는 남학생 두 명이 전철 노선도와 정거장을 두리번거리며 살피기에 옳다구나 싶어 그 앞으로 갔다. 그런데 한두 정거장을 지나 댓 정거장을 가도 내릴

기미가 안 보였다.

'뭐야? 백 프로 당첨이라더니….'

그들이 소곤소곤 얘기하는 것에 귀 기울여 보니 일본인들이었다. 남남인 줄 알았던 옆자리의 두 분도 학생들 부모였다. 내릴 역을 지나칠까 긴장하고 있었다. 내 안의 오지라퍼가 근질거리기 시작했다. 예전에 배웠던 서툰 일본어가 머릿속에서 이미 퍼즐처럼 말을 맞추고 있었다. 한참을 망설이다 역 안내 정도는 할 수 있을 것 같아 말을 꺼냈다.

"어디까지 가십니까?"

"로테 와르도에 갑니다."

"아, 그러세요? 조금만 가면… 됩니다."

더 이상 말문이 막혔다.

'무리지. 일본어 배운 거 그때가 언제야? 아! 내 못 말리는 오지랖이라니!'

후회가 밀려 왔다. 세어 보니 네 정거장이 남았다. 다시 말을 조립했다.

"에~~ 네 정거장만 가면…."

"그렇습니까? 고맙습니다."

일본인답게 정중하게 인사했다. 이번엔 내가 초긴장이 되었다. 머릿속에서 손가락을 꼽으며 정거장 수를 세었다. 세 번째 역에 도착했을 때 밖을 보고 있다가 깜짝 놀랐다. '잠실'이라고 쓴 글자가 보이는 것이었다. 나는 다급해졌다. 더 이상 더듬거리는 일본어로 말할 상황이 아니었다. 허둥대는 손짓으로 내리라고 했다. 입으로는 '빨리빨리'를 외쳤다. 그 와중에도 온 가족이 고맙다는 인사를 몇 번이나 하며 내렸다. 나는 손을 흔들며 미소를 지어 보였다. 그리고 잠시 흐뭇했다.

'흠⋯. 저들은 한 한국 아줌마의 친절을 두고두고 기억하리라. 민간외교란 게 별거더냐? 하하하.'

드디어 널널한 자리에도 앉았다. 뭔가 이상한 낌새를 느낀 건 바로 그때였다. 잠실역은 지하이고 인파로 복잡한데 그 역은 지상이었고 내리고 타는 사람도 별로 없었다.

'분명히 잠실을 확인했는데⋯ 이상하다?'

문이 닫히고 열차가 서서히 움직이며 역 표지판이 오롯이 눈에 들어왔다. 화살표 방향을 보니 다음 역이 '잠실'이라고 되어 있고 그 역은 '잠실나루'였다.

'헉! 웬 잠실나루⋯? 누가 내 허락도 받지 않고 성내역

을 잠실나루로 바꿨냐, 엉?'

　유리문 테두리에 가려 '잠실'만 보였던 것이었다. 얼굴이 화끈 달아올랐다.

　'두고두고 욕을 하며 오지랖 넓은 한 아줌마를 기억하겠지. 어쩌면 두 번 다시 한국에 오지 않을지도 모르겠다. 어쩌나? 날씨도 추운데….'

　나는 절망했다. 같은 칸에 타고 있던 많은 사람들이 일제히 나를 향해 손가락질하는 것 같았다. 오랜 기다림 끝에 자리에 앉았으나 편할 리가 없었다. 오후 내내, 집에 돌아와서도 잠자리에 들어서도. 여러분은 내 기분이 어떠했으리라는 것을 다 이해하셨으리라 믿는다.

　나는 지금 그럼에도 불구하고 '오지라퍼로 남느냐 마느냐'를 놓고 심각하게 고민하고 있다.

팜파를 달리며

 부에노스아이레스 도심에 있는 시외버스터미널은 인파로 붐볐다. 남한 면적의 스물여덟 배나 된다는 아르헨티나 땅. 점점이 흩어져 있는 지방 도시로 떠나는 버스들은 끝이 보이지 않을 정도로 늘어서 있었다. 짐을 부치고 2층 침대버스에 올라 자리를 잡았다. 창밖에는 땅거미가 내려앉고 있었다. 얼마나 시간이 흘렀을까? 서서히 차가 움직이기 시작했다. 드디어 오래전부터 꿈꿔 온, 드넓은 대평원 팜파를 달려보는 여행길에 오른 것이었다.

 들떴던 마음이 가라앉자 버스 안의 모습이 눈에 들어왔다. 1층 출입구 바로 앞에 화장실이 있고 좌석은 열서너 개가량 되어 보였다. 운전석 옆의 좁은 계단을 오르면 2층으로 좌석이 삼십여 개가 있다. 의자가 130도 정도 뒤로 젖혀지는 것이었는데, 180도로 펼쳐져 바로 침대가 되는 것은 요금이 가장 비싸다고 한다.

운전자 두 명과 승무원 한 사람이 탑승했다. 비행기를 타면 서너 시간 정도 걸리는 거리를 무려 스무 시간 정도 가야 한다. 들떠 있는 나와는 달리 대부분의 승객들은 지겨워하는 표정이 역력했다. 때와 장소를 가리지 않고 대화하기를 즐겨하는 이 나라 사람들이 무뚝뚝한 표정으로 창밖만 바라보고 있었다.

도심을 벗어나자 하나둘 불빛이 사라지고 라이트에 의지한 버스가 차츰 속력을 내기 시작했다. 조금 지나자 남자 승무원이 저녁식사를 가져다주었다. 그는 훤칠한 키에 까무잡잡한 얼굴로 쾌활해 보이는 청년이었다. 플라스틱 쟁반에는 밀라네사와 샐러드, 파스타와 과일 한 조각 그리고 커피 한 잔이 올랐다. 달리는 버스에서 먹는 저녁식사가 각별했다. 배가 고팠던 참에 맛있게 식사를 마쳤다. 여기저기서 잠잘 채비를 하는가 하면, 어떤 승객은 책을 읽기도 하며 시간을 보냈다.

얼마 지나자 실내등마저 꺼졌다. 완전한 어둠이었다.

어둠은 창밖의 모든 공간도 닫아 버렸다. 그 어둠 속을 거대한 야행성 동물 한 마리가 눈에 불을 켜고 달리는 듯한 착각이 들었다. 유리창에 이마를 대고 창밖을 보았다. 지평선 위 검은 하늘에서는 무수한 별들이 쏟아져 내릴 듯이 반짝였다. 손을 뻗으면 잡을 수 있을 것 같은 별. 까치발을 들면 닿을 것 같은 하늘. 우주를 항해하면 이런 느낌일까? 이따금 스쳐가는 외딴 집의 주황색 불빛과 반대 차선의 차량 불빛이 나를 현실로 돌아오게 했다. 밤 풍경을 감상하는 것도 잠시, 가로등 하나 없는 어둠 속에서 할 수 있는 일이 아무것도 없었다. 하는 수 없이 의자를 뒤로 젖히고 잠을 청했다.

새벽 두세 시쯤 되었을까? 눈이 부셔 잠이 깼다. 버스는 어느 작은 도시의 초라한 터미널에 들어서고 있었다. 대 여섯 명의 남녀 젊은이들이 왁자지껄 기차놀이를 하고 있었다. 버스가 멈추자 청년 하나를 가운데 세우고 행진곡 같기도 하고 군가 같기도 한 노래를 합창했다. 그리고 차례로 포옹했다. 친구들과 인사가 끝나자 아버지로 보이는 노인이 청년을 한참 끌어안고 이별의 아쉬움을 달래고 있었다. 승객들의 승하차와 운전자 교대가 끝나자 마지막으로 그

청년이 차에 올랐다. 두세 번째 좌석에 자리를 잡자 일행의 모습이 보이지 않을 때까지 손을 흔들며 이별을 아쉬워했다. 학업이나 취업 때문에 객지로 떠나는 것 같았다.

'나에게 저들처럼 밤잠을 설쳐가며 기쁨이나 슬픔을 나눌 친구가 몇이나 될까? 아니, 나는 친구들의 기쁨이나 슬픔에 대해 저처럼 한 적이 몇 번이나 있었던가. 집으로 돌아가면 늘 저 청년을 기억하리라.'

버스는 다시 어둠 속을 달리고 나는 한동안 잠들지 못했다.

팜파의 아침은 지척을 분간할 수 없는 자욱한 안개 속에서 열렸다. 대지를 뒤덮은 아침 안개는 아늑한 요람 같았다. 천지창조 후의 모습이 저러했으리라. 레몬빛 햇살이 대지 위에 퍼지자 자욱했던 안개가 시나브로 걷히며 어둠과 안개에 갇혔던 사물들이 희미하게 모습을 드러내기 시작했다. 이슬에 젖은 대초원이 지평선까지 펼쳐져 있고 그 위에서 수많은 소 떼와 말무리가 한가롭게 풀을 뜯고 있었다. 목가적 풍경은 오래도록 잊을 수 없을 것 같았다.

영화의 한 장면 같은 광경을 바라보다가 무리와 떨어져 울타리 앞에 홀로 서 있는 갈색 말 한 마리가 눈에 띄었다. 풀을 뜯고 있으려니 했는데 그게 아니었다. 꼬리는 늘어뜨리고 고개를 떨군 채 깊은 생각에 잠긴 듯, 체념한 듯 그렇게 서 있었다. 외로워 보였다. 그 울타리는 어린아이 팔뚝 굵기의 나무막대를 가로지른 것으로 경계를 표시한 것에 불과했다. 질주 본능의 말에게는 한 걸음에 뛰어넘을 수 있는 허술한 울타리였다. 왜 뛰어넘지 못하고 울타리에 갇혀 지내는 것일까?

'자유를 꿈꿔 보기나 했을까? 이상과 현실 사이에서 갈등하고 있는 있을까?'

어쩌면 울타리 앞을 서성이며 뛰어넘지 못하는 자신에게 실망하고 있는지도 모르겠다. 말의 모습에 나의 모습이 오버랩 되었다.

내 앞에도 수많은 울타리가 있었다. 나는 그것을 넘은 후에 닥칠지도 모르는 시련이 두려워 늘 울타리 앞에서 망설이기만 했다. 어쩌면 그것은 마음만 먹으면 쉽게 뛰어넘을 수 있는 것이었을지도 모른다. 지금까지 살아온 삶에 큰 과오는 없다. 하지만 아무리 후한 점수를 준다 해도 결코 적극적이고 역동적인 삶은 아니었던 것 같다. 지나온 날들에 대한 후회와 회한. 그것은 울타리를 넘어보지 않았기 때문에 오는 것은 아닐까? 내 안의 목소리가 나를 향해 소리쳤다.

"말을 타라!"

나는 갈색 말에 올라탔다. 고삐를 움켜잡고 말 옆구리를 힘껏 찼다. 녀석이 달리기 시작했다. 나는 자세를 낮추고 말과 함께 호흡했다. 우리는 하나가 되어 초원을 질주했다. 말의 심장 고동소리와 거친 숨소리가 들렸다. 용기백배한 녀석의 기백이 느껴졌다. 나의 감정도 고조되었다. 앞에 울타리가 나타났다. 나는 소리쳤다.

"뛰어넘어!"

잠시 주춤하던 말이 가뿐하게 울타리를 넘었다. 나도 울타리를 넘었다. 최초로 뜀틀을 넘던 날, 그 환희의 순간이 떠올랐다. 가슴이 뛰었다. 양손의 고삐를 힘껏 당겼다. 녀석이 앞발을 들며 힘찬 울음을 울더니 그 자리에 멈추어 섰다. 나의 상상도 발을 멈췄다.

안개는 말끔히 걷히고 부드러운 햇살이 온천지에 충만했다. 수만 년을 이어온 팜파의 새 하루가 이렇게 열렸다. 셀 수 없이 많은 생명들이 짧은 생을 살다 가는 동안 자연은 무심히, 거기, 그냥, 그대로 있어 또 다른 생명들을 품어 키우리라. 팜파여, 팜파여, 영원하여라!

전봇대

    인사동 어느 길모퉁이에서 나무전봇대를 보았다. 반가웠다. 주황색 가로등 불빛 아래에서 늦은 밤까지 뛰어놀던 어린 시절이 생각났다.

    그런데 자세히 보니 땅에 쇠기둥을 박고, 전봇대로 쓰던 나무를 얹어 놓은 것에 불과했다. 아직도 기름 냄새가 날 것 같은 검은색 나무는 갈라져 틈이 벌어졌고, 무너져 내릴 것 같은 몸통을 중간중간 강철 밴드로 동여매 놓았다. 게다가 그냥 서 있는 것도 버거울 판에 전선과 간판, 통신장비에 이정표까지 매달고 있었다. 깊은 병을 앓고 있는 노인의 모습을 보는 것 같았다. 잠시 느꼈던 옛 정취, 옛 추억마저 단번에 날아가 버렸다. 술이 확 깬 것 같은 기분이랄까.

인파로 북적대는 도심 한가운데 서 있어도 전봇대는 외롭다. 손을 뻗으면 닿을 만한 거리에 수많은 동료들이 있지만 서로 기대거나 의지하지 못한다. 새들도 둥지를 틀지 않는다. 너무 외로워서 목을 빼고 누군가를 기다리고 있는 듯하다. 카톡으로, 페북으로, 인스타로 서로 그물망처럼 엮여 있는 이 시대의 사람들. 소소한 일상까지 사진에 담고, 답글 달고, 좋아요 누르고, 하트를 날리지만, 돌아서면 혼밥과 혼술과 혼잠으로 외롭게 살아가는 현대인을 닮았다.

전봇대는 모두가 잠든 밤에도 불침번을 서며, 비바람과 땡볕과 혹한에도 불평 한마디 하지 않는다. 취객들이 토사물을 쏟아놓고, 행인들의 발길에 걷어차여도, 노하거나 다투지 않는다. 땡처리, 알바 구함, 싼 이자 대출, 강아지를 찾습니다 등 온갖 사연이 담긴 광고지를 온몸에 붙여놓아도, 다시 자신의 몸을 광고판으로 내어 주는 전봇대. 물과 햇빛과 공기의 고마움을 느끼지 못하고 사는 것이 인간의 속성. 어쩌다 잠시 전기가 끊겨 불편함이 쓰나미처럼 밀려올 때에야 비로소 전봇대의 존재를 알아차릴 뿐이다.

한 번쯤 모든 전선을 끊어 버리고 파업을 선언해 볼 만도 한데 묵묵히 제자리에서 소임을 다한다. 성자 부재의 시대. 그를 이 시대의 성자라 불러도 좋으리라.

소유냐 존재냐는 두 가지 삶의 방식이다. 하나라도 더 많이 소유하기 위해 혈안이 되어 있는 이 시대는 소유에 가치를 둔 시대이며, 가진 자의 갑질과 못 가진 자의 분노가 충돌하며 소용돌이치는 시대다. 금수저니 흙수저니 하는 말도 따지고 보면 소유에 대한 분류. 존재의 삶은 내면과 영혼의 문제에 집중하는 삶, 상황에 종속되지 않는 삶으로 성자는 존재의 삶을 산다.

손수건 한 장 넓이의 땅과 곁가지 하나 없는 회색 몸뚱이는 전봇대가 가진 전부다. 전기를 공급해 주고, 밤을 밝히며, 통신사의 장비를 매달고 사람과 사람을 연결해 주지만 사례는 노 땡큐. 바라지 않는다. 이 땅에 존재하는 것에 감사하고, 쓰임 받는 것에 보람을 느끼며, 하늘을 향해 묵묵히 기도한다. 비가 오면 비에 젖어, 눈이 오면 눈을 맞으며, 침묵 수행 중인 성자. 오늘도 전봇대는 제 자리에 그렇게 서 있다.

아직은 유월인 것을

온 천지의 꽃들이 폭발하듯 피더니 비 오듯 졌다. 한바탕 불꽃놀이를 하고 난 뒤 같은 흥분과 고요가 혼재한 가운데 유월의 문턱에 들어섰다. 한 줄기 바람에 묻어 온 싱그러운 풀내음이 영혼을 맑힌다. 이른 봄. 겨울 나목마다 보일 듯 말 듯 연한 녹색이 나날이 번지더니, 시나브로 흥건히 고여 세상은 온통 초록이다. 작가 이상은 〈권태〉에서 "어쩌자고 이렇게 똑같이 초록색 하나로 되어 먹었노"라며 초록 세상이 권태롭다고 했다. 만물이 다 일어서서 함성을 지르고, 초록색 하나만으로 이렇게 풍성하고 활기찬데 그는 왜 권태를 느꼈던 것일까?

유월은 봄이 가 버렸다고 하기엔 여전히 꽃향기의 기억

이 아른거리고, 여름이 왔다고 하기엔 아직 뜨거운 태양과 비바람의 고통이 체감되지 않는 달이다. 하여 봄은 아니고, 아직 여름도 아닌, 봄과 여름의 틈새라고나 할까.

유월은 매실과 살구와 오디의 달이요, 긴 겨울 너른 들판에서 홀로 한파를 이겨 낸 청보리가 비로소 익어가는 달이다. 죽은 척 능청을 떨던 대추나무에도 새순이 돋고, 백 년 묵은 마을 옆 고목의 초록 잎새들도 바람에 나부낀다. 유월은 바야흐로 울울창창 철이 들어가는 달이다.

유월은 절반의 끝이자 또 다른 절반의 시작이다. 반으로 뚝 자른 옥수수를 먹고 남은 반 같다고나 할까. 남은 알갱이가 아직 빼곡한데 반밖에 남지 않았다고 허전해하는 그런 달이다. 새해 첫날 계획했던 일들이 작심삼일로 끝나고 어영부영 지내온 날들을 후회하고 있을 때, 아직도 늦지 않았다고, 포기는 이르다고, 다시 분발하라고 등 두드려 주는 격려의 달이기도 하다.

오월이 면사포를 쓴 신부 같은 달이라면, 유월은 화려한 신부의 치장을 지우고 다시 일상으로 돌아와 거울 앞에 선, 성숙한 여인 같은 달이다. 유월의 모든 생명체들은 생을 구가한다. 사랑을 나누고, 생명을 잉태하고, 새로 태어난 새 생명들을 키우느라 여념이 없다. 꽃이 진 자리마다 풋열매가 자리를 잡고, 새들의 둥지에선 어린것들의 지저귐이 소란하다. 들뜨고, 미숙하고, 서툴던 것들이 비로소 자리를 잡고 안정을 찾는 유월. 풋내 나는 연두가 싱그럽고 청청한 초록으로 장성한 유월. 살아갈 희망과 삶의 기쁨으로 충만한 유월을 나는 사랑한다.

얼마 전 호박씨 서너 개를 텃밭 귀퉁이에 심었다. 깊게 구덩이를 파고 거름도 듬뿍 넣어 주었다. 얼마 지났을까? 연두색 떡잎이 땅을 뚫고 올라오더니 요즘은 본잎 너덧 장이 제법 너울거린다. 녀석은 푸른 하늘과 하얀 구름과, 유월의 태양과 비바람을 맛보며, 땅 속 깊숙이 뿌리를 내리고 넝쿨을 뻗어 튼실한 열매를 키워 낼 것이다. 시작이 조금 늦은들 어떠랴, 아직은 유월인 것을.

2. 나는 잠시 천사였다

하늘색 대문집

황제의 어깨에 달린 금단추가 아니어도 좋다

내가 닭고기를 먹지 않는 이유

한강대교의 사계

전철 안 풍경

지하철 안의 색소폰 연주

이젠 양파라 불러도 좋다

나는 잠시 천사였다

내 기억의 창고에는 빛바랜 사진 한 장이 남아 있다.

땅거미가 질 무렵, 시장에서 찬거리 두어 가지를 사들고

현대시장 사거리에서 달동네 언덕을 올려다본다.

다닥다닥 붙어 있는 무수한 집들 사이에

하나둘 가로등이 켜지고 회색빛 어둠 속에서

주인의 귀가를 기다리고 있던 하늘색 대문.

나는 그때 거리를 지나가는 사람들을 붙잡고

저기 보이는 저 집이 나의 집이라고 말해 주고 싶었다.

산꼭대기까지 오르내리는 출퇴근길도

뭔지 모를 힘이 솟아나 조금도 고달프지 않았다.

하늘색 대문집

온종일 이곳저곳을 둘러보아도 내가 가진 돈에 맞는 셋
방이 없었다.

"차라리 집을 사부소!"

"네? 이 돈으로 집을 살 수 있어요?"

"잉, 이녁이 마음을 쬐메 비워불면 못할 것두 없제."

복덕방 할머니는 두툼한 안경 너머로 내 표정을 살피며
담담히 말했다. 나는 '구경이나 한 번 해 볼까? 아니면 말
고' 하는 심정으로 할머니를 따라나섰다. 좁은 골목길을
따라 계단을 오르고 낮은 추녀 밑을 지나, 사람이 지나가
면 부슬부슬 흙이 쏟아져 내리는 집들 뒤에 그 집은 걸린
듯 있었다. 달동네로 유명한 봉천동 산101번지 꼭대기.

관악산과 맞장을 떠볼 태세로 마주앉은 옹색한 집. 구름이나 드나들라고 하늘을 향해 나 있는 듯한 하늘색 대문. 안으로 들어서니 어른은 일하러 나가고 고만고만한 아이 서너 명이 손바닥만 한 마루 위에서 뒹굴며 놀고 있었다.

"여그 집들은 다 야닯 평인디 노량진역 철거민들헌티 정부서 지어 준 집이여. 이만허면 두 식구 충분히 살제. 암, 살구말구. 집주인이 얌전한 미장이여. 그려서 짬짬이 손두 보구, 현장서 빼끼 남은 것두 갖다 바르구 혀서 집은 말짱혀. 그리구 나가 장담혀는디 이 년 안에 돈을 두 배로 뿔려 줄텡께 내 말 믿구 바로 계약해부소!"

할머니는 숨도 안 쉬고 밀어붙였다. 집은 둘러볼 것도 없었다. 누추한 집들 사이의 계단을 올라가면서 나는 진작 마음먹었다. 이런 곳에서는 살지 않을 거라고. 집으로 돌아오는 발걸음이 무거웠다. 나의 빈손에 화도 났다.

주말마다 남편과 근처 복덕방을 누비고 다녀도 우리가 가진 돈으로는 지하방이나 출퇴근이 불편한 산꼭대기 방밖에 없었다. 살고 있던 방은 웃돈이 얹어져 이미 나간 상태여서 마음이 좁여 왔다. 온종일 돌아다니다 지친 걸음으로 돌아와 어둑해진 방에 누워 있으니 집 없는 설움이

하늘색 대문집

란 게 이런 거로구나 뼈저리게 느껴졌다.

한참을 그렇게 누워 있자니 '이 년 안에 돈을 두 배로 뿔려 줄텡께' 하던 복덕방 할머니 말이 자꾸 머릿속에 맴돌았다. '그 집으로 가야 하나?' 남편의 의견을 물으니 알아서 하라는 말뿐. 복잡한 심경은 나와 다를 바 없는 것 같았다.

주말에 그 복덕방을 다시 찾아갔다. 할머니는 우리가 올 것을 이미 알고 있었다는 듯 말없이 앞장섰다. 하늘색 대문은 소리 없이 열렸다. 초롱초롱한 눈망울의 여자아이가 어른들이 일러주었는지 방문이며 부엌문을 열어 보여 주며 우리 표정을 살폈다.

집 구조는 간단했다. 방 두 개에 재래식 부엌 하나, 손바닥만 한 마루가 전부였다. 화장실은 대문 밖에 담장과 연결되어 있었다. 문 밖에 나와 사방을 둘러보니 웅장한 관악산이 한눈에 바라보이고 우리가 올라왔던 꼬불꼬불한 언덕길 사이로 올망졸망 누추한 집들이 납작 엎드려 있었다.

"이러나저러나 없긴 마찬가진데 주사위 한 번 던져 보시지요!"

관악산이 낮게 속삭였다. 저녁에 집 주인과 흥정하고

구십칠만 원에 계약했다. 작은 방은 할머니의 이웃에 산다는 덕근이 고모한테 삼십만 원에 세를 주기로 했다. 전셋돈 육십만 원으로 드디어 내 집을 갖게 된 것이다.

이삿날을 며칠 앞두고 간단하게 집수리를 했다. 새로 도배하고 마당 위에 얹은 마루를 뜯어냈더니 작은 마당도 생겼다. 그럴듯하게 집 형태가 된 것이 신기하기만 했다. '이제 육 개월마다 셋돈 올려주느라 허리띠 졸라매지 않아도 되고 더 이상 이사를 하지 않아도 된다. 물을 많이 쓴다고 주인아줌마 눈치 볼 것도 없다. 연탄재가 산처럼 쌓여 있어도, 연탄을 들이며 마당을 까맣게 더럽혀 놓아도, 늦게 들어와도, 늦게까지 떠들어도, 부부 싸움을 해도 이제 거칠 것이 없다. 아! 자유, 자유다!'

쌀쌀한 기운이 감도는 가을날. 차가 닿는 중간 도로에 이삿짐을 내려놓고 짐을 하나둘 들어 날랐다. 개미들이 이사하듯 온 식구가 동원되어 그렇게 이사를 마쳤다. 옹색한 세간도 자리를 잡고, 부엌 한쪽에 연탄도 이백 장 쌓고, 항아리에 쌀도 채우고, 따뜻한 아랫목에 누우니 온 세상을 다 얻은 듯했다. 맨손으로 시작한 신혼 시절. 늘 채워지지 않는 허기로 시달렸던 많은 날들. 행복은 거창한 것

하늘색 대문집

에 있는 것이 아니란 것을 그때 처음 알았다.

내 기억의 창고에는 빛바랜 사진 한 장이 남아 있다. 땅거미가 질 무렵, 시장에서 찬거리 두어 가지를 사들고 현대시장 사거리에서 달동네 언덕을 올려다본다. 다닥다닥 붙어 있는 무수한 집들 사이에 하나둘 가로등이 켜지고 회색빛 어둠 속에서 주인의 귀가를 기다리고 있던 하늘색 대문. 나는 그때 거리를 지나가는 사람들을 붙잡고 저기 보이는 저 집이 나의 집이라고 말해 주고 싶었다. 산꼭대기까지 오르내리는 출퇴근길도 뭔지 모를 힘이 솟아나 조금도 고달프지 않았다.

달동네의 하루는 '요꼬' 짜는 소리로 열리고, 그 소리로 닫혔다. 출근하다 보면 이곳저곳에서 편물 짜는 소리가 들려왔다. 열어 놓은 창문 너머로 런닝셔츠 차림의 아저씨들의 모습을 보게 된다. 편물기에 실을 걸고 왼쪽에서 오른쪽으로 '쉭쉭' 소리를 내며 밀고 당기면 추에 매달린 스웨터의 길이가 조금씩 키를 더해 갔다. 그들은 그렇게 자신들의 하루도 짜 나갔다. 퇴근길. 동네 어귀에 들어서면 '요꼬' 짜는 소리와 라디오에서 흘러나오는 유행가 소리가 뒤섞여 들려왔다. 희미한 백열등 아래에는 아침에 보았던 그 아저씨들이 머리도 속눈썹도 심지어 코털까지 털실 먼지를 하얗게 뒤집어쓴 채 일하고 있었다. 유행가 가락이 없었더라면 마치 거미줄이 가득한 유령의 집에서 거미줄을 뒤집어쓴 유령들이 움직이고 있는 것 같은 착각이 들 정도였다.

그 집에서 두 해 정도 살았던 것 같다. 그 후 재개발로 달동네 사람들은 시흥으로, 안양으로, 경기도 일원으로 뿔뿔이 떠나고, 지금 그곳은 5천 세대가 넘는 아파트 단지가 들어서 있다. 나는 가끔 빛나는 젊음이 있던 그 시절과 구름처럼 드나들던 하늘색 대문 집이 그리울 때가 있다.

황제의 어깨에 달린
금단추가 아니어도 좋다

사랑하는 딸아! 오늘 아침 철 지난 옷을 정리하다가 네 코트에 단추 하나가 떨어져 나간 것이 눈에 띄었단다. 순간 '단추를 전부 갈아야 하나?' 걱정되었다. 다행히 코트 안쪽에 여분의 단추 하나가 달려 있어서 얼마나 다행이었는지 모른다. 다시는 떨어져 나가지 못하게 단단히 꿰매어 세탁을 맡겼단다. 실밥 몇 올만 남기고 떠난 빈자리를 보며 잠시 생각하게 되었다.

네 코트를 장식했던 그 단추는 출근길 만원 지하철에서 떨어져 나갔으리라. 채우고 풀기를 반복하던 단순한 일상에서 일탈을 꿈꾸었던 것일까? 아니면 단추 구멍에 멱살 잡히듯 꿰어 있는 것이 숨막혔던 것일까? 지하철 역 바닥

어디에선가 사람들의 발에 밟히고 차이고 있지나 않은지?

사람은 답답한 현실과 마주하게 되면 본능적으로 회피하게 되고, 일탈을 꿈꾸게 된단다. 그러나 현실과 일상에서 빠져 나오면 한순간은 자유를 느끼겠지. 하지만 그곳에는 발에 밟히고 차이는 고난이 기다리고 있단다. 괴롭고 아파도 자유를 누리고 고난을 감수하느냐, 답답하고 단순한 일상을 슬기롭게 극복해 나가며 안정적인 삶을 사느냐는 본인의 선택에 달려 있다고 생각한다.

딸아! 나는 네가 밟히고 차이는 고난의 삶은 살지 않았으면 한다. 네 옷섶에서 떨어져 나간 단추는 아마 다시는 돌아갈 수 없는 시절을 그리워하며 회한의 눈물을 흘리고 있을지도 몰라…. 우리가 길에서 떨어진 단추를 발견했을 때 반짝 빛나는 건 단추의 눈물이 아닐는지.

보석같이 빛나는 이십 대를 살아가고 있는 딸아, 요즘도 직장 상사 때문에 힘든 거니? 당당한 사회인이 되었다고 설레는 마음으로 첫 출근한 것이 엊그제 같은데, 벌써 삼 년이란 세월이 훌쩍 지나갔구나. 매일 반복되는 일상에서 인간관계의 갈등과 업무 스트레스로 싱그럽던 너의 얼굴이 조금씩 굳어가고 명랑한 웃음소리가 한숨으로 변해 가는 것을 지켜보며 나는 마음이 아프단다. 잠시 슬럼프가 온 것이라 생각하고 훌훌 털고 다시 일어서길 바란다. 인생 선배들이 그런저런 어려움 속에서 삶의 의미를 찾아 노력하며 살아왔고, 이 시대를 살고 있는 다른 젊은이들도 그렇게 살아가고 있지 않니?

또 청년 실업의 고통 중에 있는 많은 젊은이들도 있는데 그나마 다행이라고 생각해 보렴. 너는 지금 세상이라는 옷에 달려서 세상을 화려하게 장식하고 있는 하나의 단추라고 생각해 보면 어떨까? 조금만 여유를 갖고 세상을 바라보고, 따스한 마음으로 다른 사람들을 대하면 좋지 않을까?

산다는 건 옷에 매달린 단추의 구멍 찾기가 아닌가 생각한다. 한 사람을 만나 따스하게 앞섶을 여며 주기도 하고 서로를 동여매 한 사람을 빛나게 장식해 주기도 하지만 때로는 잘못 채워져 어긋나고 뒤틀려 처음부터 다시 시작해야 하는 것이 단추 채우기가 아닐까? 그래서 예행연습이 없는 인생에서 첫 단추를 잘 채워야 한다는 건 변함없는 진리라고 생각되는구나.

네 인생의 첫 단추는 어디쯤일까? 잉태의 순간? 탄생의 순간? 아니면 진로를 정하고 취업하여 사회에 첫발을 내딛는 순간? 나는 지금이 바로 네 인생의 첫 단추를 채우는 중이라고 생각한다. 잘 채우기를 바란다. 앞길을 잘 모르겠거든 아무 길이나 가고 볼 것이 아니라 잠시 멈춰 서서 깊이 생각하고 네 자신에게 묻기를 바란다. 그리고 하나님의 음성에 가만히 귀 기울여 보기를 바란다.

단추 얘기를 하다 보니 한 가지 옛날 일이 생각나는구나. 네가 어렸을 때의 일이다. 우리나라가 봉제 수출이 활발할 때였는데 우리 동네는 서민들이 모여 사는 곳이다 보니 부업거리가 많았단다. 한번은 토끼 인형 얼굴에 표정을 수놓는 일을 한 적이 있었다. 공장 아저씨가 던져 놓고 간 자루에는 눈, 코, 입이 없는 하얀 토끼가 가득했는데, 콩알만 한 까만 단추 두 개로 눈을 달고, 빨강색 실로 입을 수놓는 일이었다. 커다란 바늘에 굵은 실을 꿰어 까만 콩단추 두 개를 달고, 빨강색 수실로 몇 땀 '스마일' 입을 수놓았다. 그리고 잘 되었는지 살피는데, 방금 만든 토끼가 귀를 쫑긋 세우고 까만 눈을 반짝이며 눈으로 말을 걸어오더구나. 시선이 부딪치면서 잠시 당황했던 기억이 생생하다. 나는 몇 푼 받지 못하는 이 신기한 작업을 피노키오를 만든 제페토 할아버지처럼 심혈을 기울여 했었단다.

사랑하는 딸아, 황제의 어깨에 달린 화려한 금단추가 아니면 어떠냐? 나는 네가 이 토끼 인형의 눈이 된 단추 같은 삶을 살았으면 좋겠다. 작고 평범하지만 따스하고 온화한 눈빛으로 이웃에게 말을 걸고 손을 내미는 영혼이 아름다운 그런 삶 말이다. 그리고 어느 작가의 책 제목처럼 네가 어떤 삶을 살든 나는 너를 응원할 것이다.

"힘내거라! 딸아!"

내가 닭고기를 먹지 않는 이유

어렸을 때의 일이다. 봄기운이 완연한 어느 봄날, 우리 동네에 병아리 장수가 나타났다. 누런 종이 상자에 무명 끈을 묶어 어깨에 메고 외쳤다.

"병아리 사려."

뛰어놀던 동네 아이들은 아저씨가 외치지 않아도 삐약거리는 소리로 그 아저씨가 병아리 장수인 것을 금방 알아차렸다.

아이들이 모여들어 관심을 보이자 아저씨는 상자를 내려놓고 뚜껑을 열었다. 순간 상자 가득한 병아리들이 야단이 났다. 조그만 날개를 파닥거리며 기지개를 켜기도

하고, 목을 길게 늘여 상자 너머 바깥세상을 내다보기도
했다. 어떤 놈은 아예 월담을 시도하기도 하여 한바탕
소동이 벌어졌다. 아이들은 일제히 함성을 지르며 병아리
에 온통 정신이 팔려 버렸다.

나는 난생처음 병아리를 만져 보았다. 따뜻한 온기가 손
바닥을 타고 온몸으로 전해져 왔다. 갖고 싶었다. 엄마한
테 졸랐다. 한참을 조른 끝에 엄마를 끌고 오는 데 성공했
다. 상자 안을 자세히 살핀 엄마는 제일 잘 삐약거리는 놈
들을 골라내셨다. 이렇게 해서 그해 봄에 우리 집 마당에
열 마리의 병아리 가족이 생겼다.

나는 온종일 병아리 곁을 떠나지 못하고 졸졸 따라 다녔
다. 내 주먹보다도 작은 병아리들이 못하는 짓이 없었다.
물 한 모금 먹고는 하늘을 쳐다보기도 하고, 조그만 두 발
로 흙을 헤치고 무언가를 쪼아 먹기도 했다. 저희끼리 한
데 모여 낮잠을 자기도 하고, 어떤 놈은 후미진 곳에 숨어
홀로 고독을 즐기는 것 같기도 하였다.

엄마는 배추잎을 송송 썰어 쌀겨와 섞어 모이를 만들고
"고오고고고" 녀석들을 불렀다. 안 보이던 놈들도 종종걸
음으로 뛰어나와 식사에 동참했다. 조그만 배추잎을 물고

두 녀석이 서로 싸우기도 했다. 저녁이 되자 아버지는 병아리들을 상자에 담아 방 한쪽에 들여놓았는데, 녀석들도 종일 삐약거리느라 고단했는지 밤에는 우리처럼 조용히 자는 것도 신기했다. 다음 날 학교에 가서도 병아리 생각만 났다. 수업이 끝나기가 무섭게 집으로 달려와 따뜻한 봄볕을 등지고 녀석들의 귀여운 몸짓을 들여다보며 시간 가는 줄 몰랐다.

병아리는 먹고 놀고 먹고 자고 하며 하루가 다르게 무럭무럭 자랐다. 녀석들이 차츰 자라자 아버지는 철망을 사다가 뚝딱 병아리집을 만들어 주셨다. 널널하던 닭장이 비좁아질 무렵 초복이 되었다. 아버지는 막 핑크빛 벼슬이 돋기 시작한 녀석들 중 세 마리를 잡아 복날 잔치를 열었다. 불쌍한 마음이 생겨 잠시 우울했지만 닭고기를 먹는 맛에 그런 기분도 잠깐이었다. 중복과 말복을 지나면서 세 마리씩 희생되어 우리 일곱 식구의 피가 되고 살이 되었다.

가을로 접어들 무렵 우리 마당엔 다 자란 수탉 한 마리만 남게 되었는데 몸집이 어찌나 큰지 녀석이 마당을 돌아다닐 때면 '쿵쿵' 집이 울릴 정도였다. 어느 날 아침 그날도 녀석은 마당을 이리저리 배회하다가 갑자기 목을 길게 빼며 이상한 몸짓을 하더니 '꼬끼요' 하고 쉰 목소리로 첫 울음을 울었다. 느닷없는 녀석의 행동에 우리는 잠시 마주보다가 깔깔대고 웃었다. 그 후로도 목을 갸우뚱하고 비틀면서 쉰 목소리로 매일 연습을 거듭하더니 얼마 후엔 제법 그럴듯하게 아침이 되었음을 온 동네에 알려 줬다.

가을이 깊어가던 어느 날, 아버지는 연탄 화덕에 한 솥 가득 물을 올려놓으셨다. 그리고 수탉의 목에 칼을 꽂았다. 퍼드득거리는 녀석을 함지박으로 덮었다. 함지박 안에서 안타까운 비명과 필사적인 몸부림이 이어졌다. 어찌나 힘이 센지 함지박이 들썩거렸다. 뒤집어엎고 뛰쳐나올 듯 격렬해서 아버지는 두 손과 무릎으로 누르고 계셨다. 모두 숨을 죽이고 지켜보았다.

한참 만에 함지박 안이 조용해지고 잠시 고요가 흘렀다. 이윽고 아버지가 함지박을 젖혔다. 순간 온몸이 피투성이가 된 녀석이 벌떡 일어나더니 필사적으로 달아나기 시작했다. 마당엔 피를 뿌리며 도망가는 녀석과 놈을 잡으려는 아버지 사이에 추격전이 벌어졌다. 한 십여 분이 지났을까? 기진맥진한 수탉이 닭장에 오르려고 몸부림치다가 그 앞에서 고꾸라졌다. 그리고 다시 일어나지 못했다.

그날 저녁 밥상에 뽀얀 국물에 하얀 살코기, 송송 썬 파가 얹힌 백숙이 올랐다. 해질 무렵 있었던 유혈극은 모두 잊은 듯 식욕을 자극하는 구수한 백숙 냄새에 군침을 삼켰다.

나는 수탉의 최후가 자꾸 생각났다. 국물을 한 모금 맛보았다. 그런대로 먹을 만했다. 고기 한 점을 뜯어 소금을 찍어 입안에 넣었다. 순간 무언가가 목구멍을 가로막았다. 더 이상 먹을 수가 없었다. 그때의 기억 때문일까? 나는 그 후부터 더 이상 닭고기를 먹지 않는다. 아니, 먹을 수가 없다. 목구멍 어디쯤에선가 매번 차단기가 내려와 닫히기 때문이다.

한강대교의 사계

봄

　나는 오늘도 한강대교를 건넌다. 강추위에 강물까지 얼더니 어느새 또 봄이다. 강 건너 도심은 희뿌옇한 회색빛 하늘이다. 살랑 강바람이 스친다. 쌀쌀하지만 한 가닥 봄기운이 녹아 있다. 남녘의 꽃향기도 살짝 묻어 있다. 노들섬의 메마른 나뭇가지에 보일 듯 말 듯 연둣빛이 감돈다. 아직 꽃은 피지 않았지만 봄은 이미 와 있는 것일까? 머잖아 세상 모든 꽃들이 환호성을 지르며 폭발하리라.

　한 무리의 겨울 철새들이 일제히 날아오른다. 떠날 채비를 하는 듯, 예행연습이 한창이다. 가슴을 활짝 펴고 심호흡을 해 본다. 알싸하고 안온한 기운이 온몸으로 퍼진다.

풀과 나무와 대지의 수런거리는 소리가 아련히 들리는 듯하다.

노량진 방향 대로변 축대 위에는 허름한 정자가 하나 있다. '용양봉저정龍驤鳳翥亭'이라는 현판이 붙은 이 정자는 정조임금이 지었다고 한다. 반환된 조선의궤의 '노량주교도섭도'에는 위풍당당한 정자의 모습과 길고 장엄한 어가 행렬이 24척의 배를 엮어 만든 배다리를 건너는 모습이 섬세하게 그려져 있다. 만조백관을 거느린 임금은 화성행차 때마다 이곳에서 점심을 드셨다고 한다. 그때가 음력 2월 9일이었다고 하니 아마 이맘때쯤이었으리라. 옛 영화는 간데없고 주인을 잃고 긴 세월 풍파를 견뎌 온 정자가 다닥다닥 붙은 건물 틈새에 초췌한 노인처럼 서 있다. 정자 마당에 올라가 본다. 고가도로와 건물에 가려 한강과 도심은 보이지 않는다.

정자 앞마당에는 반듯하게 다듬은 직사각형 돌이 잔디에 박혀 있다. 그 위에 서서 옛 임금을 생각해 본다. 죄인의 아들이라는 굴레를 벗고 강한 조선을 꿈꾸던 임금. 그의 심장의 고동소리가 들리는 듯하다.

여름

한강대교를 건넌다. 엊그제까지만 해도 봄바람에 꽃잎이 흩날리더니 어느새 여름이다. 비가 내린다. 지루한 장맛비가 내린다. 며칠째 내린 비로 강물이 많이 불었다. 벌건 흙탕물에 물살도 빨라졌다. 강변을 달리는 자동차들이 물보라를 일으키며 달린다.

오래전 이맘때쯤. 종일 장맛비가 오락가락하는 날이었다. 퇴근을 하고 집으로 돌아가는데 그날따라 차량 정체가 심했다. '누군가 또 자살 소동을 벌이고 있구나!' 생각했다. 한참 만에 다리 한가운데 이르니 경찰차, 앰블런스, 구조차가 경광등을 번쩍거리며 서 있고 메가폰을 잡은 사람이 다리 위를 쳐다보며 무어라 소리치고 있었다. 다리 아치 위에는 50대쯤으로 보이는 한 남자가 러닝셔츠 차림에 비를 맞으며 허공을 향해 울부짖고 있었다.

자세한 사정을 알지 못한 채 지나간 일이 되었지만, 지금도 비 내리는 날 다리를 건널 때면 주먹을 불끈 쥐고 절규하던 그 남자의 모습이 무성영화의 한 장면처럼 떠오르곤 한다. 지금 그 남자는 어디서 뭘 하며 살고 있을까?

많은 사람들이 살고파 소동을 벌이던 곳. 그 아픔의

현장을 기억하며 오늘도 나는 다리를 건너고 있다. 아픔
이 없는 사람인 것처럼.

가을

한강대교를 건넌다. 뜨거운 태양 아래 매미가 그렇게 울
어대더니 어느새 또 가을이다. 해가 많이 짧아졌다. 여의
도 빌딩 숲 사이로 저녁노을이 붉다. 어디서 오는 비행기
일까? 멀리 서쪽하늘 위로 장난감같이 작은 비행기 한 대
가 지나간다. 석양빛을 받아 은색으로 반짝이며 서서히
공항 쪽으로 사라진다. 텅 빈 하늘. 빌딩 모서리에 걸린
개밥바라기 별빛이 영롱하다.

삼십여 년 전 이맘때쯤. 나는 한 청년과 함께 버스를 타
고 이 다리를 건넜다. 당시에는 다리 위에 가로등이 없어
사방이 깜깜했던 것일까. 차가 강물로 곤두박질칠 것 같
은 두려움에 청년의 손을 꼭 잡았던 생각이 난다. 좁은 길
과 덜컹거리는 비포장도로를 달려 그의 집에 도착하니 부
모님이 반갑게 맞아 주셨다. 첫 인사를 드리고, 몇 가지
질문에 대답하고 조촐한 저녁을 얻어먹었다.

집으로 돌아가는 길에 마음이 복잡했다. 심각하게 생각

하늘색 대문집

하지 않았던 가난이 현실로 다가왔다. 깜깜한 다리를 건널 때의 불안감이 자꾸 상기되었다.

이듬해 봄. 나는 애써 불안감을 떨쳐 버리고 마음속에 희망의 불씨 하나 품고 그 집 며느리가 되었다. 바로 엊그제의 일 같은데 벌써 삼십여 년이 넘는 세월이 흘렀다.

노들섬을 지나면 한강대교의 상징인 회색빛 아치가 나타난다. 마치 회색 모자를 눌러쓴 병사들의 사열대 같다. 나는 사열관이 되어 그 곁을 지나간다.

"차렷! 경례엣!"

"그동안 수고하셨습니다!"

사열대가 예를 갖춘다.

"그동안 지켜봐 줘서 고맙구나."

나도 수인사를 한다.

겨울

가을비가 추적추적 내리더니 어느새 또 겨울이다. 기분이 울적한 날엔 다리 위 노들카페에서 커피 한 잔을 마신다. 창밖에는 어둠이 내려앉고, 강변북로와 올림픽대로를 달리는 차량들의 불빛이 강물처럼 흐른다. 추위 때문인지

강변을 따라 걷고 달리던 사람들의 모습이 보이지 않는다.

카페를 나서니 매서운 바람이 와락 달려든다.

'춥지만 오늘은 걸어서 다리를 건너보자.'

오리털 파카를 입고 목도리로 감쌌지만 뼛속까지 찬바람이 파고든다. 자전거 한 대가 꼬마전구를 깜빡이며 곁을 지나간다.

노들섬이다. 비어 있는 경비초소는 귀신 이야기에 나오는 폐가를 연상시킨다. 오소소 소름이 돋는다. 한때는 군인들이 바리케이드를 치고 총을 들고 보초를 서던 곳이다. 예전에는 이따금 검문을 했었는데 날카롭게 쏘아보던 병사의 눈과 마주쳐 등골이 서늘했던 적도 있었다. 걸음을 재촉한다.

다리 한가운데다. 걸음을 멈추고 난간에 기대선다. 세찬 바람 소리에 달리는 자동차의 소음도 들리지 않는다. 주변의 모든 물체는 어둠에 갇혀 아무것도 보이지 않는다. 보이는 것은 오직 불빛뿐. 여의도 빌딩의 수직 불빛과 쇳물을 부은 듯 흐르는 자동차 불빛. 강을 가로지르는 반포대교의 불빛과 일정한 간격으로 점을 찍으며 강 상류로 이어지는 가로등 불빛들이 물 위에 어른거린다. 수천의

하늘새 대문집

배를 강에 띄우고 등불축제를 하는 것 같다.

문득 어떤 행성에 홀로 던져진 것 같은 기분이다.

'저희 별에 온 것을 환영합니다!'

누군가 크고 웅장한 목소리로 그렇게 말하는 것 같다. 주위를 둘러본다. 아무도 없다. 등불을 밝혀 놓고 모두 어디로 간 것일까?

'여보세요… 여보세요…. 누구 없나요?'

바람 소리만 요란할 뿐 대답이 없다.

춥다.

외롭다.

전철 안 풍경

1

퇴근길 인파와 마주치지 않으려면 서둘러야 했다. 카드를 찍고 승강장으로 내려갔다. 열차가 방금 떠난 듯, 역사 안은 한적했다. 가까운 의자에 앉아 그날 산 옷가지며 물건들을 들춰보고 있었다.

문득 인기척이 느껴졌다. 70대 중반의 할아버지 한 분이 옆자리에 앉으셨다. 건장한 체격에 둥글넓적한 얼굴, 굵고 짙은 눈썹이 인상적이었다. 앞단추를 풀어헤친 베이지색 코트 아래로 검정 양복에 흰 와이셔츠, 붉은 넥타이를 맨 정장차림이었는데 낮술을 한잔 걸쳤는지 불그레한 얼굴에 취기가 감돌았다. 큼지막한 쇼핑백을 두 다리 사이

에 끼고 앉아 있었다. 반짝, 광을 낸 구두가 일단 안전신
호를 보내 왔다. 하지만 힐끔힐끔 쳐다보는 시선이 부담
스러웠다. 조금 있자니 쇼핑백에서 부스럭거리며 무언가
를 찾았다. 아니나 다를까 할아버지가 말을 걸어왔다.

"아줌마, 몇 살이나 됐소?"

"나이는 왜요?"

"여기 좋은 술 있는데 한잔 할라요?"

"죽엽청주 이 술 비싼 거요. 여기 죽 · 엽 · 청 · 주라고
써 있잖소."

할아버지는 뭉툭한 손가락으로 갈색 도자기병에 쓰인
한자漢子를 한 자씩 짚어가며 말했다.

"이 술 유명한 거요. 안주도 있는데…."

다시 부스럭거리며 구겨진 종이컵과 쌀과자 하나를 꺼
내 보였다.

'이 양반이 사람을 어떻게 보고?'

"저 술 못해요."

나는 쌀쌀맞게 대꾸했다.

"이 술 비싼 건데 안주도 있고…."

할아버지는 아쉬운 듯 중얼거리며 종이컵에 술을 찔끔

따라 한 입에 털어 넣었다. 그리고 쌀과자를 꺼내 우적우적 씹으며 말했다.

"캬! 술 맛 조옷타!"

#2

열차가 도착했다. 전철 안은 한산했다. 그러나 앉을자리는 없었다. 나는 출입문 앞에 섰고, 할아버지는 가운데로 들어가 한 청년 앞에 섰다. 사람 좋아 보이는 청년이 일어서며 자리를 권했다.

"나 아적 젊은데…."

"그래도 앉으세요!"

할아버지는 한사코 사양하다가 못 이기는 척 자리에 앉았다. 그리고 옆자리의 할머니에게 말을 걸었다.

"아주머니 나이가 몇이요?"

"칠십둘이요. 아저씨는요?"

"나? 육십하나"

"에이 그짓말!"

"나 거서 딱 멈췄어. 하하하! 근데, 아주머니 좋은 술 있는데 한잔 할라요?"

"나는 술 못해여."

그러는 사이 열차가 역에 멈췄다. 몇 사람이 내리고 몇 사람이 탔다.

#3

"아주머니, 여기 자리 있어요. 이리 와 앉아요!"

할아버지는 방금 탄 할머니 한 분을 큰 소리로 불렀다. 반백의 머리를 멋지게 올려붙이고, 빨강색 립스틱을 짙게 바른 할머니가 고맙다는 인사를 하며 자리에 와 앉았다.

"전 괜찮은데 앉으시지…."

"아, 신사가 돼가지고 자리에 버티고 앉아 있을 수 있나? 근데 아주머니는 올해 몇이슈?"

"일흔너이요."

"이 아주머니보다 두 살 많구먼! 이 냥반은 일흔둘이래. 아주머니들, 좋은 술 있는데 한잔 하실라요?"

할아버지는 대답을 기다리지도 않고 구겨진 종이컵을 먼저 앉아 있던 할머니 손에 쥐어 주었다. 그리고 갈색 도자기병에 '죽엽청주'라고 쓴 한자를 손가락으로 짚어가며 읽어 주고 비싼 술이고, 좋은 술이고, 귀한 술이라고 했다.

"이렇게 만난 것도 인연이니까 한 잔 받소!"

"술 못허는데, 쫌만 따라요."

할머니는 잔을 옆으로 비끼며 그만 따르라는 시늉을
했다. 그리고 한 모금에 꿀떡 삼키더니, 두 눈을 꼭 감고
양미간에 있는 대로 주름을 모았다. 머리까지 가로저으며
말했다.

"크! 써, 써, 써…."

승객들의 시선이 모두 세 사람에게 집중되었다. 어이없
다는 듯 웃고 있는 사람도 있었다. 역을 알리는 안내 방송
이 흘러나왔다. 열차가 멈췄다. 몇몇 사람들은 뒷일이 궁
금한 듯 아쉬운 표정을 지으며 내렸다. 그리고 몇 사람이
탔다.

#4

"이번엔 이쪽 아줌니~~"

할아버지는 이미 빨강색 립스틱 할머니 손에 종이컵을
쥐어 줬다.

"쬐끔만 줘요."

"잔은 차야 맛인데, 얼마 안 남았으니 맛만 보쇼."

할머니는 쿨하게 홀짝 마시고 종이컵에 묻은 립스틱 자국을 손으로 쓱 닦고 할아버지에게 잔을 권했다.

"아참! 내가 잔을 받을 게 아니고, 안주 드려야지!"

"안주가 모자르니께 반만 잡수쇼!"

할머니가 손으로 받으려 하자 "아" 소리를 내며 입을 벌리라 했다. 앞니로 가운데 부분을 물자, 반을 뚝 자르더니 나머지 반을 옆의 할머니 입에 넣어 줬다. 두 분이 아삭아삭 소리를 내며 안주를 드셨다.

"내가 한잔 따를 티니 잔 받으세요!"

빨강색 립스틱 할머니가 잔을 내밀었다.

"허, 여자가 따라주니 술맛이 더 좋겠구먼."

할아버지는 단숨에 잔을 비웠다. 그리고 부스럭거리며 안주를 찾았다.

"아, 안주가 다 떨어졌나 보다."

할아버지는 병을 흔들어 남은 술을 가늠해 보며 말했다.

"남은 거 마저 마실라요?"

"아니에요. 그만해요."

할머니 두 분이 합창하듯 말했다.

안내방송이 흘러나왔다. 열차가 멈췄다. 다음 역에선 나도 내려야 한다. 그냥 내리자니 뒷일이 궁금하고, 더 가자니 시간이 늦었고, 갈등이 생겼다. 몇몇이 탔다.

#5
그 사이 빨강색 립스틱 할머니가 얼마 남지 않은 술을 할아버지 잔에 따랐다.

"아주머니들, 어데 댕겨 오시오? 난 친구들 만나 점심 먹고 놀다 집에 가는 건데."

할머니들은 딸네 집에 갔다 온다느니, 동생을 만나고 간다느니 하며 화기애애한 분위기가 이어졌다. 할아버지는 거나하게 취한 목소리로 친구들 얘기를 하고 있었다. 친구들과 즐거운 한때를 보낸 모양이었다.

'저분은 뭘 하던 분일까?'

옷차림으로 보아 홀아비 신세 같지는 않았다. 그런데 할머니들의 추임새가 한술 더 떴다. 계속 따가라며 재미있는 광경을 지켜보고 싶은데 아쉬웠다.

이런저런 생각을 하는 사이, 안내 방송이 흘러나왔다. 아쉬움을 뒤로 한 채 몇몇 사람과 함께 내렸다. 굉음과 바람을 일으키며 열차가 떠났다.

#6

저분들은 어느 역쯤에서 헤어질까? 할아버지는 헤어지면서 두툼한 손에 자신의 입술을 꾹 찍어 '후' 불며 할머니들과 작별 인사를 할 것 같았다.

집으로 가는 동안 나는 할아버지에게 미안한 생각이 들었다.

'술을 받아 마시지는 않더라도 주책없는 노인 취급을 하며 쌀쌀맞게 굴지는 말 것을.'

후회가 밀려왔다. 나는 왜 이순을 맞은 나이인데도 귀가 순해지지 않는 걸까? 언제쯤 저들처럼 상대방의 너스레쯤 추임새를 넣어가며 받아 줄 수 있을는지. 여유도 아량도 없는 내 자신이 부끄러웠다.

지하철 안의 색소폰 연주

　한낮의 부에노스아이레스 지하철은 후텁지근하고 끈적했다. 백 년이 넘었다는 지하철은 주로 서민들이 이용하는 것 같았다. 승객 대부분은 아이들과 부녀자와 노인들이었다. 출입문 앞에 남루한 차림의 인디오 가족이 겁먹은 듯 눈동자를 굴리며 말없이 서 있었다. 한 눈에 돈벌이를 위해 이웃나라에서 흘러들어온 불법이민자들 같았다.

　지하철은 오래된 데다 의자, 문, 열차의 몸통까지 전부 나무로 만들어져서 달리는 동안 계속 삐그덕거리는 소리가 났다. 바퀴만 쇠붙이로 된 것 같았다. 혹시 달리다가 무너져 내리는 것은 아닐까 살짝 불안했다.

　냉방이 되지 않아 창문은 모두 열려 있었는데 목청을

높여야 겨우 알아들을 수 있을 정도로 소음이 심했다. 창밖을 보니 희미한 형광등 불빛이 전철과 함께 달리고 있었다. 탄광의 막장을 향해 달리는 것 같았다. 내가 불안해하는 것을 눈치챘는지 동생이 한마디 했다.

"언니, 내가 지하철 타지 말자고 했잖아. 지저분하지, 냄새나지, 좀도둑 많지, 오죽하면 삼십 년 가까이 이곳에 살면서 몇 번밖에 안 타봤겠어?"

"그래도 신기하잖니? 백 년 전 우리나라는 갓 쓰고 도포입고, 우물 안 개구리로 살던 때인데 이렇게 땅 속으로 열차를 다니게 해 놓은 게…."

"하긴, 나도 처음엔 그게 신기했어. 암튼 핸드백은 꼭 끌어안고 다녀야 해."

동생은 거듭 핸드백을 조심하라고 주의를 줬다.

어느 정거장에 정차했다. 히피 모습을 한 남자가 색소폰을 목에 걸고 열차에 올랐다. 머리는 뽀글뽀글하게 파마를 했고 얼굴에는 온통 수염이 덮여 있어서 얼굴 생김새를 가늠하기 어려웠다. 짙은 눈썹 아래 검은 눈동자만 맑고 투명하게 반짝였다. 무언가 열정이 느껴지는 듯한 눈빛이었다.

남자는 좌중을 한 번 둘러보고 무어라 짧은 인사말을 했다. 그리고 천천히 색소폰을 불기 시작했다. 멈출 듯 이어지는 선율은 '데니 보이'였다. 승객들이 갑자기 조용해졌다. 잔잔한 멜로디를 연주할 땐 양미간을 좁혀 눈썹을 하나로 모았다. 정점의 고음 부분에선 눈썹을 위로 치켜올려 이마에 갈매기 주름을 잡으며 연주했다. 털복숭이 두 손은 색소폰의 아래 위를 부지런히 오르내리며 키를 누르기에 분주했다. 연주가 끝났다. 우레 같은 박수가 터져 나왔다. 남자는 정중히 인사하고 잠시 숨을 고르더니 색소폰을 다시 입으로 가져갔다.

두 번째 곡은 경쾌한 리듬으로 무슨 곡인지는 알 수 없었지만 잘 알려진 노래인 듯 몇몇 승객들이 웅얼웅얼 따라 불렀다. 리듬과 박자가 남미 음악 특유의 곡이었다. 이번에도 박수소리가 지하철 안에 울려 퍼졌다.

세 번째 곡은 탱고리듬의 곡이었다. 춤추는 상상을 하는 듯 지그시 눈을 감고 어깨를 들썩거리며 장단을 맞추었다. 승객들은 모두 연주에 취한 듯했다. 고단한 삶에 한 줄기 단비 같은 선율이 모두를 사로잡았다. 그것으로 끝나려니 했다. 그런데 무대 뒤로 퇴장한 연주자에게 커튼콜을

요청하듯 박수가 계속 이어지자 사이먼과 가펑클의 '험한 세상에 다리가 되어'를 연주했다. 동생과 나는 이 노래가 한참 유행하던 그 시절을 회상하며 나지막하게 따라 불렀다. 마음이 녹아내리며 눈가가 촉촉해졌다. 연주를 듣고 있는 모든 사람들의 피로와 시름이 색소폰 가락에 실려, 다 떠나가 버리는 것 같았다.

훌륭한 연주였다. 그 남자는 승객들 사이를 지나 한 사람 한 사람에게 눈을 맞추며 인사했다. 대부분의 사람들이 이 가난한 예술가의 모자에 기꺼이 지폐와 동전을 던졌다. 어떤 부인은 격려의 말을 하는 듯 그의 등을 토닥여 줬다. 열차가 정거장에 멈추자 연주를 듣느라 내려야 할 정거장을 지나쳐 왔는지 연주자와 함께 많은 승객들이 우르르 몰려 나갔다.

그는 이 남루한 무대를 위해 얼마나 연습했을까? 좁고 어두컴컴한 방, 희미한 조명 아래서 영혼을 실어 색소폰을 불고 있는 남자의 모습이 떠올랐다. 골방에 홀로 앉아 아무리 훌륭한 연주를 한들 듣는 이가 없다면 무슨 소용이 있을까? 비록 허름한 지하철의 가난한 관객들을 위한 것이었지만 잠깐이나마 그들에게 위로와 감동을 주었다면 연주자는 훌륭하게 자신의 소임을 다한 것이 아닐까? '관객이 있는 곳이면 어디든지 간다!'는 마인드가 신선한 느낌으로 다가왔다.

처음 접해 보는 문화적 충격과 색소폰 연주의 여운이 남아 눈을 감았다. 우리나라 지하철 안의 모습이 떠올랐다. 누군가의 도움을 받지 않으면 살아갈 길이 막막한 장애인의 모습이 보였다. 그냥 남에게 손 내밀기보다 간단한 악기라도 배워 우선 네 곡만, 연습하고 또 연습하여 예술가 수준의 연주를 선보인다면 어떨까? 아니면 가수 수준으로 노래라도 부른다면 자활의 길도 열리고 떳떳한 삶을 살 수 있지 않을까? 어쩌면 서울 지하철의 명사가 될지도 모르고 한국의 폴포트가 될지도 모르는 일이 아닌가? 구걸에도 노력을 투자해야 한다는 생각이 한동안 내 머릿속에서 떠나지 않았다.

이젠 양파라 불러도 좋다

학창 시절 내 별명은 양파였다.

"하필 왜 양파야?"

"곰곰이 생각해 봐."

그 친구는 이유를 말해 주지 않고 뜸을 들였다.

'세련된 별명 다 놔두고 도대체 양파가 뭐야?'

난 슬며시 화가 났다. 때는 사춘기. 며칠 삐진 척하다 말려고 했는데 그 친구는 먼저 말을 걸어오지 않았다. 서먹한 시간이 흘렀다. 그 사이 학년과 반이 바뀌면서 이유도 듣지 못한 채 우린 헤어지고 말았다. 그 후 양파를 볼 때마다, 풀지 못한 숙제처럼, 양파에 나를 대입시켜 보는 버릇이 생겼다.

양파는 참 볼품없이 생겼다. 누더기를 걸친 듯한 껍질, 매혹적이지 못한 황토 색깔, 배불뚝이 몸매는 요즈음 말로 '비주얼이 꽝'이다. 호두 껍데기같이 단단하지는 못해도 과일 껍질 정도는 되어야 제 몸을 보호하든 어쩌든 할 것이 아닌가. 허술한 매무새가 영 마뜩잖다.

그러나 허름한 껍질이 벗겨지며 드러나는 반전의 미. 살짝 건드리기만 해도 말간 물이 배어나올 것같이 투명하고 보드라운 속살. 취한 듯 바라보는 순간, 톡 쏘며 날아드는 펀치. 무방비 상태로 한방 얻어맞는다. 무례하게 남의 옷을 벗긴 자 눈물을 쏟을진저!

혹자는 양파를 두고 까도 까도 그 속을 알 수 없다고 말한다. 그러나 그것은 '저 속에 무슨 꿍꿍이 하나쯤 감추었겠지' 하는 선입견을 가지고 보기 때문이다. 한 겹 두 겹 벗겨 봐야 헛수고. 겉과 속이 같다. 그 흔한 씨 하나 품고 있지 않다.

아마도 나를 양파라고 한 것은 속을 알 수 없다는 뜻이었으리라. 감정 표현이 서투르다 보니 표현을 잘 안했을 뿐 다른 계산속은 없었는데 말이다. 그래서 양파를 볼 때마다 나도 모르게 변명을 해 주고 싶어진다.

"까봐야 별거 없어, 깨알만 한 씨 한 톨 품고 있지 않은 실속 없는 존재야!"

양파를 가로로 자르면 동그라미의 세계가 나타난다. 큰 원은 작은 원을, 작은 원은 더 작은 원을 품고 있다. 나이테 같기도 하고, 서로를 품어 사랑하고 있는 것 같기도 하다. 둥글게 둥글게, 작아지고 작아지다가, 다다른 원의 중심. 그곳에 양파는 우주로 뻗고픈 초록의 본능을 품고 있다.

양파를 세로로 자르면 물샐 틈 없이 밀착하고 있던 동그라미가 잘리며 서로를 쏙 빼닮은 여러 개의 조각으로 나뉜다. 체인 룰의 마법이 풀리며 비로소 자유를 얻은 하얀 조각들. 겨울 밤, 서쪽하늘에 걸린 초승달 같기도 하고, 은하수를 건너는 쪽배 같기도 하다. 그 배에 올라 은하수 건너 어느 별나라쯤으로 떠나고 싶다.

양파조각을 볶음팬에 넣고 뭉근하게 열을 가하면 시나브로 뻣뻣하던 순백의 조각들이 나른하게 형체를 바꾸어 간다. 연하고 아삭한 식감, 날을 세운 향, 알싸한 매운 맛을 모두 불 위에서 내려놓는다. 마침내 다른 재료와 어우러져 좋은 음식 맛으로 승화하는 양파의 친화력은 먼 옛날부터 동서양 요리에 두루 쓰이며 맛의 베이스로 사랑받는 이유이리라.

친구가 내게 양파라 부른 이유가 또 있을 것 같기도 하다. 쌀쌀맞게 굴다가 때론 다정한, 사춘기 소녀의 변덕을 톡 쏘는 매운 맛과 달달한 양파의 뒷맛에 빗대어 표현했던 것이리라. 지금도 그런 구석이 조금은 남아 있으니 그 비유는 적절했다고 생각한다.

그로부터 많은 세월이 흘렀다. 팽팽하던 얼굴에는 주름이 지고, 날씬하던 몸매는 두루뭉술해졌다. 겉모습은 영락없이 양파를 닮았다. 뻣뻣한 성정에 친화력도 부족하다. 이제는 모든 것 내려놓고 나른하게 변하여 이웃과 더불어 어우렁더우렁 살고 싶다. 껍질 속 양파처럼 맑고 투명한 순수함과 내일을 향한 연둣빛 꿈 하나쯤은 간직하여도 좋으리라. 친구야, 이젠 날 양파라 불러도 좋다.

나는 잠시 천사였다

　첫 추위가 매웠다. 용감하게 나섰던 저녁 산책을 서둘러 마치고 집으로 향했다.

　산책길에서 늘 마주치던 이웃들의 모습도 보이지 않았다. 이따금 자동차 몇 대가 스치고 지나갈 뿐, 거리는 스산했고 가로등 불빛도 추위에 떨고 있었다. 나도 모르게 걸음이 빨라졌다.

　주택가 골목길로 막 접어들었을 때였다. 십여 보가량 앞에 한 남자가 길가에 웅크리고 누워 있는 모습이 눈에 띄었다.

　'술이 떡이 됐나 보네. 습관이라던데 가족들이 얼마나 괴로울까? 추운 날 혼 좀 나시겠군.'

그냥 지나쳤다. 십여 미터 정도 지나쳤을까. 그런데 걱정이 밀려왔다.

'지나가는 사람도 없는데 저러고 있다가 죽기라도 하면?'

등줄기에 오싹 한기가 스쳤다. 발걸음을 되돌렸다. 자세히 보니 오십 대 중반쯤의 사내가 코를 골고 있었다. 술 냄새가 진동했다.

"아저씨, 큰일 나겠어요. 댁에 전화해 드릴까요?"

"……."

"댁이 근처신가요? 전화 걸어 드려요?"

몇 번을 같은 말을 반복하며 흔들어도 소용이 없었다. 아무래도 경찰을 불러야 될 것 같았다. 마지막이다 생각하고 마구 흔들었다. 그러자 남자가 반응을 보였다.

"당신 뭐야? 다 필요 없어, 꺼져!"

남자는 팔을 휘휘 저으며 큰소리쳤다.

'뭐 꺼져? 이 남자, 어이없네. 어떻게 하지?'

잠시 망설이고 있는데 남자가 비척거리며 일어나 앉았다. 그리고 갑자기 공손한 어조로 물었다.

"천사요? 사람이요?"

남자는 정신을 가다듬는 듯 초점 잃은 눈동자에 힘을 주며 다시 물었다.

"사람이요, 천사요? 사람이 맞아요? 에구, 고맙습니다. 요즘 세상 옆집서 사람이 죽어나가도 나몰라라 하는 세상인데. 끄윽! 내가 정신 차리고… 집에 갈 테니까 걱정 말고 가세요. 고맙습니다. 고맙습니다. 정신 좀 차리고 집으로 갈 테니… 끅!"

그렇게 해서 나는 잠시 천사가 되었었다.

3. 어머니의 꽃밭

있을 때 잘 하세요

Here and Now

숫자가 지배하는 세상

가을걷이를 하며

나는 따지지 않기로 했다

우리 집 고양이 차차

아버지는 뭐라 하실까?

어머니의 꽃밭

상대의 숫자를 모르면 소통할 수 없고,
숫자를 잊어버리면 내 집으로 들어갈 수도 없다.
숫자 하나에 희비가 엇갈리기도 하고 서열이 생기기도 한다.
숫자에는 기가 있고 힘이 있다.
해서 우리는 숫자에 울고 웃는다.
이 세상을 지배하는 것은 숫자가 아닐까?

있을 때 잘 하세요

나는 비둘기입니다. 나이는 스물다섯 살이고, 봉천고개 육교 밑 공간에 살고 있습니다. 오늘도 아침부터 계속 비가 내리고 있네요. 저희들에게는 요즘 같은 장마철이 가장 힘든 시기입니다. 먹잇감을 구하지 못해 며칠째 굶고 있자니 현기증이 납니다.

오늘 오전에 잠시 비가 그친 틈을 타 관악산 공원까지 날아가 보았습니다. 평소 같으면 등산객들로 북적이던 광장엔 비에 젖은 빈 의자만 덩그러니 있을 뿐 모든 것이 다 씻겨 내려가 아무것도 없더군요. 하는 수 없이 그냥 돌아왔습니다. 육교 난간에 웅크리고 앉아 물보라를 일으키며 달리는 자동차 행렬과 하염없이 내리는 비를 바라보고 있으니 떠나온 부모님과 고향 생각, 지난날의 회한으로 마음은 슬프고 눈물이 납니다.

나는 '88서울올림픽' 때 조국 리비아를 떠나 이곳으로 왔습니다. 그때 나는 두 살의 어린 나이였어요. 어느 날 보스가 소집령을 내렸습니다. 우리는 마을 앞 광장으로 집결했습니다. 단상에 오른 보스는 우리들을 한 바퀴 둘러보더니 다소 긴장된 목소리로 말했습니다.

"여러분도 알다시피 우리 비둘기는 노아의 홍수 때부터 사람들과 친밀하게 지내왔다. 성경에도 여러 군데 순결하고 온유한 동물로 기록하고 있어 우리의 위상이 높다. 특히 1920년 올림픽부터 '평화의 상징'으로 개막식 행사에 참여하는 영광을 누려오고 있다.

몇 달 후, 코리아라는 나라에서 올림픽이 열린다. 그 나라에는 비둘기가 턱없이 부족하여 행사에 참여할 자를 해외에서 모집한다고 한다. 임무는 성화 봉송 주자가 성화대에 불을 붙이는 순간 푸른 하늘을 향해 힘차게 날아오르는 것이다. 식은 죽 먹기보다 쉬운 임무다. 그것은 사람들에게 조금이나마 감사의 마음을 전하는 일이 될 것이다. 지구촌에 살고 있는 모든 이들이 평화롭게 살기를 기원한다는데, 이런 일은 적극 나서서 도와줘야 하지 않겠나? 사명감에 불타는 자 자원하라! 단, 다시 돌아오지는 못한다!"

나는 묻지도 따지지도 않고 자원하여 한국에 왔습니다.

올림픽 개막식은 성대하고 멋있었습니다. 그날 우리 동료 삼천은 전 세계인이 지켜보는 가운데 스타디움을 가득 메운 사람들의 함성과 박수갈채를 받으며 푸른 하늘을 향해 멋지게 날아올랐어요. 나는 눈물이 나도록 감격했습니다. 축제기간 내내 경기장 주변을 배회하며 축제를 즐겼지요. 특히 서울이라는 낯선 도시는 얼마나 화려하고 매혹적인지, 나는 이곳에 오기를 잘 했다고 몇 번이고 생각했습니다.

며칠 후 성화는 꺼지고 축제가 끝났습니다. 그리고 모두 떠나버렸죠. 그때서야 우리의 처지를 알게 됐고 당황하기 시작했습니다. 마땅한 대책도 없이 우리는 도심의 난민으로 버려졌습니다.

"각자 알아서 살아남자. 그리고 훗날 웃으며 다시 만나자."

우리는 눈물로 작별하고 도시 속으로 스며들었습니다. 겉으로 보이는 화려함과 달리 도시는 매연과 소음과 달리는 자동차의 위협으로 편히 살 만한 곳이 못 되었습니다. 특히 첫 번째 겨울은 한 번도 경험해 보지 못한 추위로 거의 죽다 살아났어요. 무엇을 먹고 살아야 할지도 암담했습니다. 쓰레기통을 뒤질 수밖에 없었지요. 취객들이 쏟아 놓은 토사물도 마다하지 않고 먹으며 생존을 위해 몸부림쳤습니다. 일부 사람들은 이렇게 말하더군요.

'비둘기는 더 이상 새가 아니다. 높이 날아 보려는 이상도 없고 하늘 한번 쳐다보는 여유도 없이 온종일 땅에 머릴 처박고 먹는 일에만 열중한다' 라고요.

우리를 비하하는 '닭둘기' 라는 별명이 생겨났다는 말도 들었어요. 하지만 생존과 육신의 안전이 얼마나 절실하고 소중한 것인지, 그것이 확보되지 않으면 꿈도 이상도 다 배부른 자의 헛소리에 불과하다는 것을 우리는 너무나 잘 알고 있습니다.

나는 요즘 잠을 못 이루며 고민에 빠져 있습니다. 얼마 전 비둘기와 까치가 유해 야생동물로 지정되었기 때문입니다. 그 소식을 접한 순간 '이제 우리 비둘기들도 멸망의 길로 들어섰구나' 하고 생각했습니다. 참새와 제비들의 운명을 지켜봤던 나는 눈앞이 깜깜했습니다. 내가 처음

이곳에 왔을 때만 해도 이른 아침이면 참새와 제비들이 설쳐대는 소리에 새벽잠을 잘 수가 없었답니다. 먹잇감을 놓고 그들과 다툰 적도 여러 번 있었어요. 그러나 요즘 도심에서 참새와 제비를 더 이상 볼 수 없게 되었습니다.

우리의 평균 수명이 마흔 살 정도인데 이곳에 와서 벌써 스물세 해를 살았으니 반평생을 산 셈이지요. 우리 세대야 나이가 조금 아깝긴 하지만 살만큼 살았고 더 이상 미련도 없습니다. 하지만 우리 자식과 손자들의 앞날을 생각하면 잠을 이룰 수가 없습니다. 사람들에게 찍히면 곰이고, 여우고, 호랑이고 모두 끝장이니까요. 언제는 가만히 있는 우리를 평화의 상징이니 뭐니 치켜세우더니 이제는 퇴치의 대상이라니, 사람들은 알다가도 모르겠습니다. 말이야 바른 말이지 지구상에서 가장 이기적이고 사악한 동물은 바로 인간이 아닐까요?

나는 요즘 먼 옛날 우리의 태곳적 조상들까지 원망하고 있습니다. 날카로운 부리와 매서운 발톱을 갖지 않았으니 어쩔 수 없는 선택이었겠지 하고 이해는 하지만, 왜 하필 가장 무서운 인간 곁에 둥지를 틀었을까? 그것이 의문입니다. 산이나 들에 정착했다면 이런 비극은 일어나지 않았

을 텐데 말입니다. 창조자의 섭리에 따라 지구별에 태어
난 이상 우리도 당당히 살아갈 권리가 있는데 이대로 가
만히 앉아서 당해야 하나요?

얼마 전 매미 떼의 식당 기습사건처럼 우리도 어딘가를
습격하여 한바탕 소동을 벌이든지, 이주 대책을 세워 달
라고 집단 농성을 벌이든지, 광화문 광장에서 촛불 집회
라도 열어 이번 조치의 부당함과 우리의 억울함을 온 세
상에 알려야 하지 않을까 생각하고 있습니다.

세계 어느 도시나 공원에 가 보면 한 무리의 비둘기에게
에워싸여 먹이를 주며 한가한 한때를 보내고 있는 사람들
의 모습을 볼 수 있을 것입니다. 얼마나 평화로운 모습입
니까? 비둘기 없는 도시가 얼마나 삭막할지를 상상해 보
신 적이 있으신가요?

내가 지금까지 살아오면서 가장 행복했던 때를 돌이켜
보니 따뜻한 봄날 공원에서 어린아이들과 장난치며 놀던
때였습니다. 지난봄, 한강공원에 가족나들이를 갔을 때였
습니다. 우리에게 먹이를 던져 주는 노부부가 있었는데
어느 틈에 빨간 모자를 쓴 관리인이 달려와서 '비둘기에
게 모이를 주는 것은 법으로 금지되어 있으니 주지 말라'

며 주의를 주는 것이었습니다. 얼마나 비통하고 서글프던지 가족을 끌어안고 한강으로 뛰어들고 싶은 충동을 느꼈습니다. 상황이 이러니 앞으로 살아갈 일이 막막하기만 합니다.

마지막으로 인간들에게 충고 한마디만 하고 싶습니다. 제발 다른 생명체들을 보살피고 공존하는 법을 배우기 바랍니다. 그리고 이대로 가다간 언젠가는 따오기처럼 멸종 위기에 처한 비둘기를 복원한다고 막대한 돈을 써가며 수선을 떨 날이 반드시 오게 될 것입니다. 그때 가서 후회하지 말고 있을 때 잘해 주세요. 제발 부탁입니다.

Here and Now

　노인복지관 송년행사에 참석했다. 오랫동안 해 오던 식사 봉사를 마치는 날이었다. 식장에는 한 해 동안 수고한 봉사 자들과 복지관 식구들이 들뜬 표정으로 자리하고 있었다.

　우리 동기들은 둥근 테이블에 둘러앉았다. 예순이라는 나이가 믿기지 않을 만큼 활기차고 건강한 모습들이었다. 추우나 더우나 고지대에 있는 복지관을 오르내리며 함께 봉사하던 동기들. 식순에 따라 여러 봉사자들이 감사장과 상패를 받고 동기들의 대표 조 권사도 특별감사패를 받았 다. 나의 예순은 그렇게 도둑처럼 찾아왔다.

　연말 내내 나는 감기환자처럼 지냈다. 꿀꿀한 기분을 눈치챈 듯 큰딸애가 제주 올레길을 걷자고 했다. 사위에겐

미안했지만 3박4일 일정으로 제주로 떠났다.

겨울철 올레길은 한적했다. 사정없이 몰아치는 바람. 바위에 부딪쳐 부서지는 파도. 뼛속까지 파고드는 추위. 겨울 바다는 매웠다. 딸과 나는 칼바람과 싸우며 사흘 동안 걷고 또 걸었다. 겨울이라 해변에 있는 식당들이 거의 문을 닫아 점심을 해결하는 일이 문제였다. 하루는 오후 세 시가 지나서야 한 식당을 찾아 들어갔다. 얼큰한 매운탕으로 식사를 마치고 나니 나른함이 밀려왔다. 걷기를 포기하고 숙소로 돌아가고 싶은 마음이 간절했다. 서둘러 계산을 하려는데 주인아저씨가 말을 걸었다.

"따님이 요즘 젊은이 같지 않네요. 어머니를 모시고 효도여행을 하다니…. 보기 좋아요."

"효도여행이요? 얘가 나를 모시고 온 게 아니고 내가 딸을 데리고 왔어욧."

노인 취급하는 것 같아 나도 모르게 발끈하여 말해 놓곤 이내 후회를 했다. '우리 딸이 효녀다, 좋게 봐주니 고맙다'고 했더라면 좋았을 것을.

일정을 마치고 제주공항에 도착했다. 딸이 짐을 부치며 항공사 직원에게 부탁했다.

"비상구 옆 좌석으로 해 주세요."

"그 자리에 앉으시려면… 비상 상황이 발생하여 바다에 불시착하게 되었을 때 비상구를 열고 제일 먼저 밖으로 나가 다른 승객들의 탈출을 도와 주셔야 하는데 어머님, 어디 불편한 데는 없으시고 도와주실 수 있으신가요?"

직원은 또박또박, 매뉴얼에 따라 장황하게 설명했다. 그리고 나를 아래위로 훑어보았다. 짧은 순간, 나이를 가늠하고 신체 상태를 살피고 좌석을 줄지 말지를 판단하려는 속셈이리라.

"네, 물론 그렇게 해야죠."

널찍한 비상구 자리에 앉긴 했지만 서글펐다.

'젠장. 60줄에 들어서니 가는 데마다 속을 뒤집어 놓네! 언제까지 이 자리를 허락할까? 조만간 어르신 그 자리는 곤란한데요라고 말하겠지?'

혼자 시나리오를 쓰다가 애써 생각을 털어냈다. 창밖을 보았다. 어느덧 하나둘 가로등 불빛이 켜지기 시작하는 서울의 모습이 한눈에 들어왔다.

집에 돌아와 거울을 보니 바닷바람에 까칠해진 피부며 푸석한 머릿결이 십 년은 더 늙어 돌아온 것 같았다.

다음 날 당장 미용실로 달려갔다.

"좀 젊어 보이게 어떻게 좀 안 될까?"

"에이, 언니. 얼마나 더 젊어 보이려구요? 음…. 그럼 이번엔 앞머리를 이렇게 내리고 옆머리는 요렇게 귀 뒤로 넘겨 볼까요?"

미용사가 브러시로 머리를 빗겨가며 대충 모양을 잡아 보였다.

"좀 젊어 보이는 것도 같네. 그렇게 한번 해 볼까?"

거울 속 나를 보고 있는데 외국에 살고 있는 여동생의 말이 떠올라 웃음이 나왔다.

"언니, 한국 아줌마들 99%가 똑같은 머리 모양인 거 알아? 모두 단발에 파마머리. 한국 아줌마들 세계 어디에 섞어 놓아도 난 금세 골라낼 수 있어. 그 단발 파마머리만 보고."

"안 똑같거든. 자세히 보면 다 다르거든."

'언니, 앞머리 내리고 옆머리 귀 뒤로 넘겨 봐야 그 머리가 그 머리지 뭘.'

동생이 이죽거리는 소리가 들리는 듯했다. 커트가 시작되었다. 눈을 감았다. 내 안의 내가 말했다.

'요즘 나이 때문에 우울한 거야?'

'조금.'

'마흔 살에는 삼십 때가 아름다웠다고 생각했지?'

'그랬지.'

'오십에는 사십 때도 꽤 괜찮았네 했었잖어!'

'으응.'

'칠십이 되면 예순. 그래도 그때가 한창이었지 할 것 같은데?'

'그렇겠지.'

'하여 모든 나이는 다 아름답다. 단지 그때가 좋은 줄 모르고 지나갈 뿐이다 이거지.'

'그러네.'

'얼마 전, 김 선생이 인생에서 가장 중요한 금 세 가지 말해 준 거 생각나?'

'소금, 황금, 지금.'

'거기에 한마디 덧붙이면 잠언이 되겠는걸?'

'소금, 황금, 지금… 그중에 제일은 지금이니라.'

'빙고! 새로운 김가네 잠언 탄생이라.'

머리 손질이 끝난 것 같아 눈을 떴다. 열 살이나 젊어진 내가 거울 속에서 웃고 있었다.

숫자가 지배하는 세상

클수록 좋은 숫자가 있는가 하면 크면 좋지 않은 숫자가 있다. 나를 대신하는 숫자가 있는가 하면 무덤까지 따라가는 숫자도 있다. 소통에 필요한 숫자도 있고 우리를 들뜨게 하여 분별력을 잃게 하는 숫자도 있다. 형태가 없는 것도 저울에 달듯 달아서 숫자로 나타내기도 한다. 인생의 희로애락 속에 숫자가 부리는 마법이 숨어 있다.

어렸을 때는 무조건 숫자가 크면 좋은 줄 알았다. 시험을 보면 백점을 받고 싶었고 빨리 서른 살 어른이 되고 싶었다. 친척들이 많아 세뱃돈을 두둑이 받은 친구가 부러웠다. 나를 에워싸고 있는 숫자는 늘 작고 초라해서 나를 주눅 들게 했다.

숫자가 친근하게 다가온 것은 첫 월급을 받았을 때였다. 누런색 월급봉투에 적힌 숫자가 그렇게 소중하고 고마울 수가 없었다. 하지만 그것도 잠깐. 시간이 지나자 다른 사람의 월급과 비교하게 되었고, 내가 일한 만큼 주지 않는 것 같아 불만도 생겼다. 돈 쓸 일은 왜 그리 많고 떼어 가는 건 왜 그리 많은지…. 그래서 갈급이라, 쥐꼬리라 불렀다. 월급봉투를 받을 때마다 생각했다.

'뒷자리에 동그라미 하나만 더 붙었으면 얼마나 좋을까.'

불만은 인생을 갉아먹는 좀. 불만을 잠재우려 봉투에 적힌 숫자에 0을 곱해 보곤 얼른 마음을 고쳐먹었다. 쥐꼬리 갈급도 대만족.

혈압, 혈당, 체중, 물가. 이런 것들의 숫자가 높으면 우리는 고민에 빠진다. 예전에 종합검진을 받았다. 의사는 걱정할 단계는 아니지만 CA19-9 췌장암 표지자의 수치가 높다고 하였다. 열심히 운동하고, 기름진 음식과 짜고 매운 음식 조심하고, 6개월 후에 다시 보자고 하였다. 얼마 후 재검을 받아 보니 정상 수치로 돌아왔다고 하여 가슴을 쓸어내린 적이 있다. 숫자 하나에 평상심을 잃는다.

운전을 할 때는 라디오를 듣는다.

"5495님이 사연과 함께 청해 주신 곡 같이 들어 보겠습니다."

진행자의 멘트에 이어 잔잔한 음악이 흘러나왔다.

'5495님이 뭐지?'

알고 보니 핸드폰 문자로 신청곡을 받아 틀어주는 프로그램이었다. 전화번호 네 자리 숫자가 신청자를 대신하고 있었다. 주민번호, 전화번호, 자동차번호, 수험번호는 가면과 같은 것. 나를 대신하기도 하고, 나를 숨겨 주기도 한다. 익명성 뒤에서 나는 편안함을 맛보기도 한다.

신문 광고란에 6·25 참전 용사들에게 퇴직금을 지급한다는 공고를 보았다. 아버지가 참전하셨다는 말을 들은 적이 있어서 육군본부에 전화를 걸었다.

"군번을 말씀하십시오."

"아버지가 돌아가셔서 군번은 모르는데 이름과 생년월일로는 안 될까요?"

"다른 건 다 소용없고 군번을 아셔야 합니다."

전화를 끊고 고민에 빠졌다. 팔순을 넘긴 어머니가 아버지의 군번을 기억할지 의문이었다. 망설이다가 어머니께 전화를 걸어 물으니 잠시의 망설임도 없이 군번을 말씀하셨다. 군번 하나로 이동도 하고 배급도 타고 해서였는지 수십 년의 세월이 지났는데도 잊지 않고 계셨다. 구비서류를 갖춰 약간의 퇴직금을 탔다. 무덤까지 가지고 가는 숫자. 군번이다.

증권사 객장 전광판 숫자나 로또, 경마에 거는 숫자는 우리를 들뜨게 한다. 오랜만에 증권회사를 찾았다. 전광판 가득 초록과 빨강 숫자가 번쩍거렸다. 어르신 몇 분이 전광판 앞에 앉아 있었다. 기관투자가나 외국계 펀드 매니저들이 첨단 금융 시스템을 이용하여 제로섬 게임 같은 투자를 하는 요즘. 객장에서 전광판 숫자를 보며 투자를 하는 어른신들을 보니 불을 보면 무조건 뛰어드는 부나방 같아 보여 안타까웠다.

나도 한때 객장에 드나들던 시절이 있었다. 아이를 들쳐 업은 아줌마들이 객장에 드나들면 그때가 꼭지라는 말이 있다. 그때 난 말 그대로 상투를 잡아 깡통계좌를 만든 적이 있다. 여러 날 가슴앓이를 해야 했다. 그러다가 숫자와는 별로 인연이 없다 싶어 미련 없이 객장을 떠났다. 들뜨게 하는 숫자는 눈이 멀게 만든다.

가전제품의 애프터 서비스를 받은 다음 날, 모니터 요원으로부터 전화가 왔다.

"애프터 서비스 잘 받으셨나요? 서비스 품질을 점수로 매긴다면 몇 점을 주시겠어요?"

대체로 후한 점수를 주지만 왠지 씁쓸한 뒷맛이 남는다. 고속도로 휴게소의 화장실 청결도 점수를 매겨 적으라고 한다. 서비스 품질 향상을 위해 어쩔 수 없다지만 이런 족쇄가 어디 있을까? 숫자로 인해 마음의 병이나 생기지 말았으면 좋겠다.

우울증 같은 병을 진단할 때도 숫자로 한다. 설문지 각 문항마다 매우 좋음 10점, 보통이다 5점. 매우 나쁘다 0점을 표한다. 감정과 느낌까지도 숫자로 계량하여 병을 진단한다. 누가 이런 방법을 찾아낸 것일까? 존경스럽기까지 하다.

세종로 광장이 바라보이는 카페에 앉아 아르헨티나에 있는 동생과 카톡을 주고받았다. 고즈넉한 창밖 가을 풍경을 사진으로 찍어 전송하면 동생은 그곳의 봄 풍경 사진을 보내 왔다. 서로의 전화번호로 사진도, 친정어머니의 안부문자도 오고간다. 커피숍에 있는 다른 사람들도 핸드폰을 들여다보며 누군가와 이야기를 주고받고 있었다. 눈에 보이지는 않지만 무수한 말과 문자가 0과 1로 된 긴 숫자로 변환되어 각자의 핸드폰으로 날아든다. 우리들의 소통은 숫자로 이루어진다.

상대의 숫자를 모르면 소통할 수 없고, 숫자를 잊어버리면 내 집으로 들어갈 수도 없다. 숫자 하나에 희비가 엇갈리기도 하고 서열이 생기기도 한다. 숫자에는 기가 있고 힘이 있다. 해서 우리는 숫자에 울고 숫자에 웃는다. 이 세상을 지배하는 것은 숫자가 아닐까.

가을걷이를 하며

볕 좋은 어느 날, 가을걷이를 하기로 한다. 허드레옷으로 갈아입고 옥상에 오른다. 손바닥만 한 텃밭을 한 번 훑어본다. 여름내 푸르던 텃밭이 제빛을 잃고 후줄근하다.

사방으로 줄기를 뻗어 세 확장에 열을 올리던 방울토마토부터 걷어내기로 한다. 잎은 다 떨어지고 누렇게 색이 바랜 앙상한 줄기. 열매로 나를 기쁘게 했던 전성기의 영광은 온데간데없다. 아직 제법 많은 열매가 매달려 있다. 빨간 것과 푸른 것을 가리지 않고 떼어내 바구니에 담는다. 덜 익은 열매들이 화들짝 놀라 고함치는 소리가 들리는 것만 같다.

"주인님! 왜 이러세요? 나 아직 익지 않았는데요!"

마음을 다잡고 줄기를 잡은 손에 힘을 준다. 흙을 움켜잡고 있던 뿌리의 강한 저항이 온몸으로 전해진다. 탁탁 흙을 털어내고 한쪽으로 밀쳐놓는다.

이번엔 고추 차례다. 작년 가을에 고추를 다듬고 버린 씨에서 싹이 나 자란 것들이다. 요즘은 고추를 건조실에서 말린다 하여 싹이 날 것은 기대도 하지 않고 거름이나 되라고 화단에 버렸다. 그런데 어느 봄날, 수백 개의 새싹이 고추씨 하나씩을 매단 채 뾰족하게 올라와 있었다. 솎아 줬어야 했는데 기름 바른 듯 반질거리는 연록의 생명을 차마 뽑지 못하고 그대로 두었다.

얼마나 지났을까? 모판처럼 빼곡히 심겨진 고춧대에서 아기 이빨같이 하얀 고추 꽃이 달리더니, 그 꽃을 관통하며 조그만 고추들이 쉴 새 없이 열렸다. 거름이 부족했을 텐데도 여름 더위를 이겨내고, 비바람을 견디며, 식탁을 풍성하게 했던 고추다. 마지막 진액까지 다 짜내어 맺은 열매를 정성스레 따내고 마른 줄기는 토마토 줄기 위에 던져 놓는다.

들깨 차례다. 여름내 향긋한 깻잎을 내던 녀석이다. 씨를 뿌리지 않아도 가을걷이 때 떨어진 씨앗들이 봄이면 싹을 틔우고, 잎을 내고 열매를 맺곤 한다. 좁쌀만 한 하얀 꽃이 피었던 자리에 들깨가 알알이 박혀 있다. 향긋한 들깨 향이 코끝을 자극한다. 한때는 참새들이 옥상 가득 날아와 들깨 잔치를 벌였었다. 요즘에는 참새가 거의 사라져 들깨가 그대로 남아 있다.

봉숭아씨 같은 들깨가 우수수 바닥에 쏟아진다. 작은 나무만큼 자란 녀석을 힘껏 뽑아낸다. 잔뿌리가 '투두둑' 소리를 내며 뽑힌다. 물주기를 소홀히 해서인지 뿌리가 깊다. 뽑아 놓은 줄기는 잘 말려서 바람 없는 날 저녁, 불을 지피고 재로 만들어 흙 위에 뿌려 놓으면 올해의 농사는 마무리된다.

겨우내 양념으로 쓸 파는 작은 화분에 옮겨 베란다에 들여놓는다. 제멋대로 자란 갓도 뽑고, 한쪽 귀퉁이를 타고 올라가던 넝쿨콩 줄기도 뽑아내고, 여남은 개 남은 콩꼬투리도 따 놓는다. 대충 정리를 하고 나니 허리께가 묵직하다.

바구니에 담아 놓았던 것들을 종류별로 나누어 식탁 위에 가지런히 놓아 본다. 튼실하게 잘 자란 것도 있고, 겨우 제모양만 갖춘 것도 있다. 새끼손톱만 한 빨간 고추도 있다. 그 모습이 앙증맞다. 남들 자랄 때 뭐했느냐고 따져 묻고 싶지만 이내 마음을 고쳐먹는다. 한여름 건물 옥상 뙤약볕 아래서 열매를 키워 낸 수고가 어디 만만했을까?

열매 앞에서 잠시 숙연해진다. 나 자신을 돌아본다. 내 삶의 열매를 헤아려 보니 성적이 영 신통치 않다. 남들 주렁주렁 열매 맺을 때 너는 뭐하고 있었느냐고 꾸짖는 음성이 들리는 듯하다. 아니, 꾸짖지는 않을지 모른다. 전능하신 신의 관점은 인간의 관점과는 다를 것이다. 삶을 포기하지 않고, 참고, 견디며, 잘 살아냈는지가 그분의 판단 기준이 아닐까? 스스로 자문자답하며 위로를 삼아 본다.

돈, 명예, 권력, 어느 것 하나 내 손에 거머쥔 것은 없다. 그러나 가진 것 없어도 별 탈 없이 지금까지 잘 살아왔으니 감사할 따름이다.

나는 따지지 않기로 했다

나는 아침 준비를 하고 있었다. 남편은 주방 옆 작은 방 컴퓨터 앞에 앉아 있었다. 아마 뉴스를 살피거나 동창회 카페에 댓글을 달거나 서류 정리를 하고 있었을 것이다.

얼마나 지났을까. 남편의 핸드폰이 진동하는가 싶더니 열려 있던 방문이 딸깍 소리를 내며 닫혔다. 느낌이 이상했다. 그러고 보니 언제부터인가 그 시간쯤이면 방문이 닫히고 안에서 두런두런 말하는 소리가 들려왔던 것 같았다. 온 신경이 귀로 모아졌다.

그러나 무슨 이야기인지 자세히 들을 수 없었다. 방문에 귀를 대고 엿듣고 싶은 생각이 굴뚝같았으나 자존심이 허락지 않았다.

십여 분쯤 지나자 남편은 아무 일 없었다는 듯 식탁에 나와 앉았다. 그리고 평소와 다름없이 아침을 먹었다.

그날 이후 남편의 행동을 유심히 살펴보았다. 이틀에 한 번, 같은 시간에 십여 분 정도 누군가와 통화를 하는 것 외에 별다른 점은 없어 보였다. 도무지 감이 잡히질 않았다.

'아침마다 누구와 무슨 얘기를 주고받는 걸까?'

별의별 상상이 꼬리를 물고 이어졌다. 드디어 나의 궁금증이 한계에 다다랐다.

그날도 남편은 컴퓨터 앞에 앉아 있었다. 8시 30분. 열려 있던 방문이 소리 없이 닫혔다. 나는 잠시 짬을 두었다가 빨랫감 바구니를 들고 베란다로 나가는 척하며 방문을 열어젖혔다. 남편은 잠시 놀라는 듯하다가 이내 영어로 더듬더듬 대화를 이어갔다. 무슨 관광지 얘기를 하는 것 같았는데 간간이 소리 내어 웃기도 하였다.

'웬 영어?'

알고 보니 남편은 전화로 필리핀 여성에게 영어회화를 배우고 있었다. 아마 더듬거리는 영어 실력을 들키기 싫었거나, 해외여행 갔을 때 주변 사람들을 놀라게 할 요량으로 말하지 않았던 것 같았다. 의심의 눈초리로 살펴보았던 자신이 부끄러웠다.

몇 달이 지난 요즘도 남편은 회화수업에 열중하고 있다.

"월크, 월크."

워크walk라고 말하는 된장 발음에 젊은 여선생이 버터를 발라주고 있는가 보다. 조금은 자신이 붙었는지 다소 유창해진 대화를 이따금 문 밖으로 흘려보내기도 한다. 퇴직 후, 한동안 남는 시간을 주체하지 못해 쩔쩔매더니 평소 하고 싶었던 것을 찾아 열중하는 모습에 박수라도 쳐주고 싶었다.

그런데 얼마 전이었다. 남편이 수업 중에 큰 소리로 웃는 소리가 들려왔다. 순간, 나는 깜짝 놀랐다. 그 웃음소리는 남편과 연애하던 시절, 별것도 아닌 농담에 유쾌하게 웃어 제끼던 남편 특유의 웃음소리였다. 삼십 년 넘게 사라졌던 그 웃음소리가 하필 다른 여성과의 대화에서 다시 살아난 것일까? 반가움과 함께 복합적인 감정이 뒤엉켰다.

잠시 후 남편이 식탁에 나와 앉았다. 나의 식욕은 이미 멀리 달아난 뒤였다. 말없이 젓가락으로 밥알을 세고 있는데 무슨 비밀이라도 밝혀 낸 듯 들뜬 목소리로 말했다.

"그 선생 마흔서넛 정도 됐겠구먼!"

'나이는 왜 꼽아 보는데?'

"영어 선생 말야. 내가 대학교 일학년 때 본 영화 얘기를 했는데, 그때 서너 살 정도였다네."

"……."

"인텔리인 것 같애. 고급 어휘를 쓰고, 말하는 것도 꽤 교양 있어."

그녀에게 호감을 갖는 남편의 태도가 못마땅했다. 그러나 나는 그 순간 교양 있는 여자인 척해야 했다.

'그게 시방 나하고 뭔 상관인데요? 왜 나는 교양이 없어서?'

목구멍까지 차오른 말을 삼키며 속으로 구시렁거렸다.

나는 온종일 우울 모드였다. 창밖에는 낮게 구름이 드리워 있었다. 날씨도 내 마음을 알아주는 것 같았다. 때마침 멀리 보이는 관악산 위로 비행기 한 대가 날아가고 있었다. 비행기를 보며 머릿속에선 이미 한 편의 영화를 찍고 있었다.

저 비행기를 타고 남편은 필리핀으로 여행을 가고 있다. 마닐라 공항에 도착하여 마중 나온 젊은 여선생과 만난다. 까무잡잡한 피부의 그녀가 가지런한 이를 드러내며 하얗게 웃고 있다. 여자는 챙 넓은 하늘색 모자를 쓰고 하늘거리는 흰색 시폰 원피스를 입고 있다. 그들은 아이스크림을 먹으며 시내를 활보하고, 석양에 쪽배를 띄우고 함께 노를 젓는다. 저녁에는 고급 레스토랑에 마주 앉아 와인잔을 기울인다. 은은한 조명 아래 미소 짓고 있는 그녀는 젊고 우아하다.

'컷!'

그녀의 젊음 앞에서 허둥대는 나를 발견하자 스스로 놀랐다. 머릿속에서 돌아가던 필름도 멈춰 섰다.

'아! 나도 늙긴 늙었나 보다.'

울적한 하루는 그렇게 지나갔다. 다음 날 저녁, 남편이 텔레비전을 보다가 소파에서 잠이 들었다. 매일 보는 얼굴인데도 그날따라 왠지 측은하게 보였다.

'당신도 많이 늙었네요!'

갑자기 콧등이 시큰했다. 나를 우울하게 했던 기억은 씻은 듯 사라지고, 그가 남은 세월을 즐겁게 살 수 있다면 설령 필리핀에 간다 해도 상관없을 것 같았다. 그에 대한 연민이었을까? 아니면 나에 대한 연민에서였을까? 나는 더 이상 따지지 않기로 했다.

우리 집 고양이 차차

녀석을 처음 만난 건 2002년 월드컵 열기가 한창 뜨거울 때였다. 아파트 운동장에 나갔던 큰딸이 새끼 고양이 한 마리를 안고 들어왔다.

"웬 고양이?"

"도둑고양이 새끼인 것 같은데 꼬마들이 가지고 놀기에 다칠까 봐 뺏어 왔어."

"어떻게 하려구? 갖다 버렷!"

"어미도 모르고, 버리면 죽을 거 아녜요? 제발 밥 먹을 수 있을 때까지만요."

딸애는 거의 울상이 되어 통사정을 했다. 한참을 '안 된다', '봐 달라' 실랑이를 하였다. 문득 여린 새순 같은 생명을 보고도 감정이 메말라 있는 나를 발견하곤 어미로서 부끄러운 생각이 들었다.

"그럼 약속해, 밥 먹을 수 있을 때까지만이다."

날이 섰던 목소리를 누그러뜨리며 말했다. 그제야 녀석을 자세히 들여다보았다. 검정색과 암갈색이 교차된 고등어 무늬의 털이 '나는 도둑고양이'라고 말하는 것 같았다. 눈에는 얇은 막이 덮여 있어 태어난 지 며칠밖에 지나지 않은 듯했다. 예쁜 구석이라곤 없었다. 절망적으로 울며 안절부절못하는 것이 어미를 찾고 있는 듯했다. 딸의 말대로 그대로 밖에 두면 녀석은 살아남지 못할 것 같았다. 이렇게 해서 뜻밖에 고양이와의 동거가 시작되었다.

당장 동물병원으로 달려가 젖병과 분유를 샀다. 물을 끓여 식히고 갓난아기 분유를 타듯 젖병에 넣고 흔들었다. 손등에 한 방울 떨어뜨려 온도도 맞추었다. 고양이를 안고 입에 젖꼭지를 물렸다. 그런데 너무 커서 헛구역질만 할 뿐 빨지를 못했다. 동물병원에 문의했으나 그보다 작은 것은 없다고 했다. 하는 수 없이 숟가락으로 분유를 떠서 입을 벌리고 부어 보았다. 그러나 공포에 사로잡힌 녀석이 있는 힘을 다해 버둥거리는 바람에 온몸에 분유를 뒤집어

썼다. 어떻게든 먹여야 하는데 좋은 생각이 떠오르지 않았다. 안타까운 가운데 날이 저물었다.

다음 날 아침, 묘안이 떠올랐다. 딸애한테 약국에 가서 커다란 주사기 하나를 사오라고 했다. 딸은 주사기를 사 가지고 단숨에 달려왔다. 분유를 바늘 없는 주사기로 쭈욱 빨아 올렸다. 조금씩 우유를 넣어 주었다. 녀석은 주사기로 흘려 주는 것을 꼴깍꼴깍 잘도 받아먹었다. 성공이었다.

녀석은 하루가 다르게 자랐다. 딸애가 인터넷에서 고양이 카페를 찾아 사진도 올리고 그간의 정황도 얘기하니 고양이가 너무 예쁘게 생겼다며 철없는 애들이 난리였다. 잘 키우라는 덕담과 함께 '차차'라는 이름도 지어 줬다.

얼마 후엔 온 집안을 마구 뛰어다니기도 하고 침대 위에도 올라다녔다. 한 가지 신기한 것은 오줌 묻은 신문지를 베란다 구석에 놓아 주니 실수 한번 하지 않고 용변을 가리는 것이었다. 용변 가리는 유전자가 따로 있는 모양이었다.

서너 달이나 지났을까? 예방 접종을 하러 동물병원에 갔는데, 사료를 먹일 때가 되었다고 했다. 사료를 한 봉지 사왔다. 예쁜 그릇에 먹이를 담아 차차 앞에 갖다 놓았다.

그런데 녀석은 먹이에는 관심이 없었다. 주사기의 우유만을 먹었다. 먹이 먹는 모습을 본 적이 없어 그런 것 아닌가 생각되었다. 우리는 녀석에게 학습을 시키기로 하고 먹이 그릇 앞에 차차를 앉혔다. 딸애가 그릇에 엎드려 쩝쩝 소리를 내며 먹는 시늉을 했다.

"차차야, 이렇게 먹는 거야, 알았지? 앞으로는 이렇게 먹어."

딸애는 녀석이 마치 알아듣기라도 하듯 말했다. 차차는 물끄러미 바라만 볼 뿐 아무런 반응이 없었다. 그렇게 하기를 서너 번 반복했지 싶다. 하루는 외출했다가 집에 돌아와 보니 먹이 그릇이 비어 있었다.

'사료를 누가 버렸나?'

한줌을 다시 놓아 주었다. 그랬더니 기다렸다는 듯 '아작아작' 소리를 내며 먹는 것이 아닌가?

"와우~ 성공이닷. 우리 차차 최고, 최고!"

저녁에 집에 돌아온 식구들은 신기한 듯 번갈아 먹이를 주었다. 녀석도 신바람이 난 듯 먹고 또 먹어 주었다.

4년 후, 2006년 월드컵의 열기로 온 나라가 떠들썩했다. 밥 먹을 수 있을 때까지만이라고 다짐시키며 키우기로 했던 녀석이 청년 차차가 되었다. 혈기왕성해진 녀석은 털이 붙은 막대를 흔들면 가슴 높이까지 뛰어오르며 묘기를 부리기도 하고 옥상에서 매미, 잠자리, 바퀴벌레 같은 것을 집안으로 물어들여 식구들에게 꾸지람을 들었다. 또 꼬리를 곤추세우고 4층 높이의 옥상 좁은 난간 위를 곡예하듯 돌아다녀서 모두를 놀라게 하기도 했다.

높은 곳을 좋아해 열어 놓은 창틀 위에 올라앉아 오가는 사람들을 내려다보며 사색에 잠기기도 했다. 또 계단 올라오는 발자국 소리를 용케도 구별했다. 딸애면 졸고 있다가도 뛰쳐나가 벌렁 누워 아양을 떨지만, 애들 아빠다 싶으면 한번 내다보지도 않았다. 자기를 싫어하는 줄 아는 모양이었다. 남편은 은혜를 모르는 데다가 사람까지 차별한다고 미워했다.

그 즈음 한 가지 새로운 사실을 알게 되었다. 우리 차차는 '애옹애옹' 하고 운다. 고양이한테 별로 관심을 가져본 적이 없는 나는 고양이 울음소리가 원래 그런가 보다 했다. '야옹야옹' 하는 것은 문자로 표현할 때만 그렇게 쓰는 것으로 알았다.

그런데 어느 날 텔레비전에서 '동물농장' 프로그램을

보았다. 고양이를 열댓 마리 키우는 아가씨가 소개되었는데 녀석들이 정확하게 '야옹야옹' 하며 우는 것이 아닌가. 교태 섞인 그 소리는 반할 지경이었다. 무리로부터 일찍 떨어진 차차가 우는 소리를 배우지 못해서가 아닐까 생각했다. 한동안 녀석의 울음소리를 들으면 측은한 생각이 들곤 했다.

또 4년이 흘렀다. 바로 달포 전에 있었던 2010년 월드컵의 기억이 아직도 생생하다. 월드컵 경기와 인연이 되어 우리와 가족이 된 지 벌써 8년이 지났다. 고양이의 수명은 십삼사 년 정도라고 하니까 나와 엇비슷한 신체적 나이를 살고 있지 싶다.

요즘 차차는 비만 고양이가 되었다. 걸을 때면 출렁거리는 배가 바닥에 스칠 듯 말 듯하다. 걸음도 느려졌다. 운동을 시키려고 털 붙은 막대를 휘둘러도 인사치레로 한두어 번 무릎 높이까지 뛰어 보다가 슬그머니 꼬리를 내리고 자리를 피한다. 이제는 눈치도 빠삭하여 저지레도 하지 않게 되었다. 있는 듯 없는 듯 어디엔가 있다가 슬그머니 다가와 종아리에 슬쩍 몸을 부비고 지나간다. 이것이 녀석의 애정 표현이다.

녀석은 길게 누워 털을 고른다. 전에는 자기 사랑에 빠져 있는 것 같았는데 요즘은 하릴없이 세월만 죽이는 것 같다. 여전히 창문에 올라앉아 오가는 사람을 내려다보기도 하고 꼬리를 말고 앉아 하염없이 내리는 비를 바라보기도 한다. 뒷모습이 노인처럼 쓸쓸해 보인다.

녀석의 혈기가 한참 왕성해질 무렵이었다. 어찌나 수컷 티를 심하게 내는지 감당하기 어려웠다. 누군가 거세를 시키라고 권했다. 좀 안됐다 싶었지만 내가 편하기 위해서는 어쩔 수 없는 일이었다. 그 이후로 녀석은 무기력해지기 시작했던 것 같다. 나의 편의를 위해 자유뿐 아니라 거세까지 한 것이 두고두고 미안하고 안쓰럽다. 저렇게 될 줄 알았으면 야생의 상태로 살게 둘 것을 하는 후회가 자주 들곤 한다. 동물의 생의 목적이 자기 DNA를 세상에 남기는 것이라 생각하면 더욱 불쌍한 생각이 든다.

아버지는 뭐라 하실까?

일본의 어느 신사 앞이었다. 우리 일행은 이곳에서 잠시 자유 시간이 주어졌다. 나는 기념품 가게를 찾고 있었다. 그런데 주변 사람들이 이상했다. 아무도 말을 하지 않았고 불안해 보였다. 게다가 모든 사람이 진흙색 승려복을 입고 있었다. 나도 불안해졌다.

잠시 우왕좌왕했던 것 같다. 새 점을 치고 있는 사람들 곁으로 갔다. 한 남자가 겁에 질린 표정을 하고 있었다. 점괘가 나쁘게 나온 모양이었다. 그를 에워싸고 있던 사람들도 겁먹은 표정이었다. 빨리 그곳을 벗어나고 싶었다. 발걸음을 재촉했다.

함께 온 일행이 보이지 않는 것을 그제야 눈치챘다. 이리저리 찾아보았지만 그들의 모습은 어디에도 없었다. 모두 어디로 간 것일까?

'가이드를 찾아야 한다.'

'버스를 찾아야 한다.'

그러나 가이드의 얼굴도, 전화번호도, 만나기로 한 약속 장소도 생각나지 않았다. 두려움이 엄습했다. 나는 뛰기 시작했다. 일행의 이름을 불러 보려 했지만 누구와 왔는지도 생각나지 않았다. 불길한 그림자가 서서히 다가오고 있는 것이 분명했다.

숨이 찼다. 호흡이 거칠어지고 심장은 쿵쿵 소리를 내며 뛰었다. 어느 길모퉁이를 돌아설 때였다. 누군가 내 팔을 잡았다. 깜짝 놀라 돌아보니 아버지였다.

"아버지!"

나는 그만 주저앉고 말았다. 아버지는 미소를 지으며 나를 바라보았다. 사십 대 중반 정도로 보이는 아버지는 감색 양복 상의에 흰색 셔츠와 회색 바지를 입고 계셨다. 젊고 건강하고 말쑥한 모습이 왠지 낯설었다.

안도의 한숨을 내쉬었다. 아버지께 방금 전 상황을 설명하려고 말을 막 꺼내려고 할 때였다.

"잘 지내라."

한마디 말을 남기고 아버지는 이미 길모퉁이 쪽으로 몸을 돌리고 있었다. 황급히 아버지의 팔을 낚아챘다. 그러나 소매 안은 허공이었다. 순간 아버지는 연기처럼 사라졌다. 절망적으로 아버지를 불렀다. 그 소리에 놀라 꿈에서 깼다.

나는 부부 싸움을 하고 며칠째 냉전 중이었다. 남편과 헤어져야 할지를 고민하고 있었다.

그러나 아이들을 생각하니 자꾸 의지가 꺾였다. 마음이 어지러웠다. 이러지도 저러지도 못하고 우울한 하루하루를 보내고 있던 중이었다.

'아버지가 계셨더라면 뭐라고 하셨을까?'

아버지의 한마디가 그리웠다.

정신은 또렷해졌고, 다시 잠은 오지 않았다. 아버지의 음성이 귓전을 맴돌았다. '잘 지내라'는 꿈속의 말이 '이혼하지 말고 남편과 아이들과 잘 지내라'는 말로 해석했다. 마음이 홀가분해졌다. 나는 마음속에서 쌌던 보따리를 풀었다.

꿈속 아버지의 모습은 지금의 나보다 훨씬 젊었다. 평생을 점퍼 차림으로 지내셨던 아버지. 차례를 지내러 큰집에 갈 때는 꼭 양복을 입으셨다. 훤칠한 키에 건장했던 아버지가 양복을 입으면 큰 회사 사장님 같았다.

"아버지, 사장님 같아요. 매일매일 양복 입으세요."

"나는 양복이 불편해서 싫다."

아버지는 멋쩍게 대꾸하셨다.

아버지인들 왜 멋을 모르셨을까. 일곱 식구를 건사하기엔 너무 어렵고 힘든 시절이었다. 잘못된 것이다 싶으면 타협하지 않으셨고, 가진 자에게 굽실거리는 것을 치욕으로 여기셨던 아버지. 마음에 맞는 사람과는 밤을 새워가며 술잔을 나누셨지만, 당신 기준에 미달하는 사람은 무 자르듯 잘라 내셨다. 그래서일까, 하는 일도 그다지 번성하지 못했다. 평생 점퍼를 전투복처럼 입고 전투 같은 삶을 사셨던 아버지. 꿈속에서라도 말쑥한 차림의 아버지를 만나니 기분이 좋았다.

아버지는 늘 입버릇처럼 말씀하셨다. "자식들을 넓은 땅덩어리에서 활개치며 살게 하겠다"고. 간절한 꿈은 이루어진다. 아버지 연세 오십에 맨주먹으로 사남매를 이끌고 아르헨티나로 이민을 떠나셨다.

꿈꾸던 넓은 땅에 정착했지만 정작 당신은 변변한 여행한 번 제대로 하지 못하고 66세를 일기로 세상을 떠나셨다. 한 평의 무덤. 그것이 전부다.

　나는 지금도 삶의 고비마다 '아버지는 뭐라고 하셨을까?'를 늘 생각한다. 멘토 같던 아버지가 그립다. 꿈속에서라도 다시 뵙고 싶은 나의 아버지.

어머니의 꽃밭

어릴 적 우리 집 마당에는 작은 텃밭이 있었다. 어머니는 그곳에 갖가지 푸성귀를 심고, 꽃을 가꾸셨다. 봄부터 가을까지. 우리는 상추, 쑥갓으로 쌈을 싸고, 솎음배추 된장국을 먹고, 애호박 부침개를 먹었다.

요즘처럼 외래종 꽃이 다양하지 않던 시절. 꽃이라야 분꽃, 채송화, 봉숭아, 백일홍, 맨드라미 정도였지만 누추한 집을 꽃 대궐로 만들었다. 어머니는 틈만 나면 밭에 계셨다. 잡초를 뽑고, 벌레를 잡고, 거름을 얹고, 소쿠리 하나 가득 채소들을 거둬들였다. 손바닥만 한 밭에서 허리를 펴며 행복해 하셨다.

대문을 열어 놓고 살던 시절이라 지나가던 사람들이

빠끔히 열린 대문으로 집안을 들여다보고, 밭 가장자리를 따라 흐드러지게 핀 꽃을 보고 환호성을 지르곤 했다. 나는 어렸지만 어렴풋이 '어머니가 행복하구나'라는 생각을 했다. 내가 조금 자랐을 때 아버지는 집에 작은 라디오 부품 공장을 차렸다. 어머니는 오남매 자식들과 공장 식구들 뒷바라지로 더 이상 꽃과 채소를 가꾸지 못했다.

그렇게 그렇게 또 세월이 흘렀다. 내가 결혼을 하고 난 뒤 어느 해, 아버지는 평생 꿈꿔 오던 이민을 훌쩍 떠나셨다. 아르헨티나로. 그리고 십여 년 만에 나는 부모님의 초청으로 아르헨티나에 갔다. 어머니는 담장 아래에 여러 개의 화분을 늘어놓고 채소를 가꾸고 계셨다. 상추, 근대, 들깨, 아욱, 풋고추. 어린 시절 텃밭에서 보았던 채소들이 담장을 등지고 자라고 있었다. 고국에 다녀온 친지들한테 씨앗 몇 알갱이씩을 얻어 심은 것인데, 고향이 너무 그리웠다고 하셨다. 일조량이 부족한 탓에 가냘픈 모습이었다. 내가 도착한 날 저녁엔 그동안 아껴 두었다며 아욱잎을 가위로 조심스레 잘라 된장국을 끓여 주셨다.

그때까지만 해도 나는 농사 따윈 관심이 없었다. 몇 푼만 주면 한 무더기씩 받아오는 채소를 공들여 가꾸는 것이 바보짓같이 생각되었다. 그러나 어머니는 아침마다 일어나기가 무섭게 밖으로 나가셨다. 그리고 양동이 하나 가득 물을 받아 바가지로 일일이 물을 퍼주며 말씀하셨다.

"어느 날 한국인 마트에 갔더니 아, 글쎄 이 깻잎이 나왔지 뭐냐? 어찌나 반갑던지 얼른 두 단을 샀단다. 잎은 잘라 나물을 해 먹고 뿌리는 여기에 심었단다. 며칠 뒤 조금 더 사다 심어야겠다 싶어 마트에 갔더니 뿌리가 잘린 깻단이 나왔지 뭐냐? 뿌리 있는 것을 달라고 하니까 한국 사람들이 그것을 사다가 화분에 심는 바람에 농장에서 아예 뿌리를 잘라내고 보낸다더라. 에구, 그때 좀 더 살 것을…. 얼마 전까지만 해도 이곳에 깻잎이 없었는데, 그 덕분에 올해 처음으로 깻잎쌈을 쌌지 뭐냐. 이것 봐라, 얼마나 이쁘게 잘 자라는지."

"이곳에 살러 왔으면 이곳 음식에 익숙해지도록 노력을 하셔야지, 그렇게 한국 음식을 못잊어 하면 이 나라에서 어찌 사시려구요? 차라리 그 시간에 낮잠이나 주무시지…."

나는 공감하지 못한 채 공허한 말을 늘어놓았다.

그 후 또 십여 년의 세월이 흘렀다. 어머니가 팔순을 맞았다. 오랜만에 외국에 흩어져 사는 형제들이 모여 조촐하게 팔순 잔치를 했다. 어머니는 그 사이에 아파트로 이주해 살고 계셨다. 시차 적응하랴 잔치하랴 정신없이 며칠을 보내고 나니, 그제야 베란다 담장 위에 있는 화분들이 눈에 들어왔다. 다육이와 선인장 종류가 주를 이루고 있었는데, 이파리를 떼어내 이식을 한 듯 같은 종류의 화분이 여럿 있었다. 다육식물은 바싹 마른 마사토 위로 가느다란 잔뿌리를 내려 겨우 연명하듯 자라고 있었다.

어머니는 여전히 아침 일찍 화분에 물을 주셨다. 주름진 얼굴과 앙상한 머리카락, 어둔해진 동작. 메마른 화분에서 앙상하게 자라고 있는 다육이의 모습이 오버랩 되면서 코끝이 찡했다. 젊은 시절, 애지중지 가꾸시던 꽃과 채소는 보이지 않았다. 매일 물 주는 일도 버거우셨으리라.

2015년 6월. 어머니는 정성들여 가꾸시던 화분들을 다 두고 떠나셨다. 주인 잃은 다육이와 선인장들이 아르헨티나의 뜨거운 태양 아래서 잘 자라고 있는지, 가끔은 녀석들의 안부가 궁금할 때가 있다.

어머니처럼 이제 내가 옥상 텃밭에 농사를 짓는다. 어머니처럼 나의 집을 꽃 대궐로 만들진 못하지만, 밭 가장자리를 따라 꽃 몇 포기도 심는다. 어머니처럼 풀을 뽑고,

물을 주고, 흙을 북돋우다가 잠시 허리를 편다. 어머니처럼 소쿠리 하나 가득 상추, 깻잎, 치커리, 풋고추를 거두어 쌈을 싸고, 국을 끓이고, 샐러드를 만든다. 어머니의 행복해하시던 모습이 떠오른다. 경제성 너머에 있는 재미와 기쁨과 행복을 그때는 몰랐었다.

지금 나는 이국땅에서 들깨를 만나 기뻐하시던 어머니의 연령대를 지나고 있다. 언젠간 내게도 힘에 부치는 날이 오리라. 그날이 오면, 나는 다육이와 선인장을 키우리라. 어머니가 그랬던 것처럼.

4. 당신의 친절, 사양합니다

내 어린 날의 삽화

매미와 잠자리

나의 첫 빙수

당신의 친절, 사양합니다

친구 만나고 출연료 받고

운 베쏘Un beso에 전염되다

어느 산모

대왕참나무

귀여운 나의 공주

후회가 밀려왔다.
한 줌 사료에 길들여져 사는 동물들도 많은데
녀석의 작은 몸 어느 구석에 길들기를 거부하는
유전자가 숨겨져 있는 것일까?
몰라보게 변해 버린 아기 참새의 몰골을 보니
마음이 숙연해졌다.

내 어린 날의 삽화

1.

　내가 다니던 초등학교 옆에는 연탄공장이 있었다. 나는 집으로 돌아가는 길에 연탄공장 앞에 쭈그리고 앉아 한동안 연탄 만드는 과정을 지켜보곤 했다. 넓은 공장에는 석탄가루가 산더미처럼 쌓여 있었고 열댓 명의 아저씨들이 무성영화의 한 장면처럼 움직이고 있었다. 먼저 한 아저씨가 연탄 틀 위에 석탄가루를 채우면 커다란 망치를 든 아저씨가 연탄 틀을 내리쳐 다지는 방식으로 연탄은 만들어졌다.

　나의 눈길을 사로잡은 것은 망치질을 하는 아저씨의 뒷모습이었다. 망치를 높이 쳐들면 승모근과 삼각근이 빵

반죽처럼 부풀어 올랐다. 두 팔뚝에서 양 옆구리에 이르는 근육이 잡아당긴 고무줄처럼 팽팽해지고 아저씨는 한순간 정지했다. 다른 모든 것도 정지한 듯했다. 나도 모르게 숨을 삼켰다. 다음 순간, 망치가 허공을 가르며 연탄틀 위에 내리꽂혔다. '탕' 소리와 함께 숨죽였던 주위의 소음이 '쏴' 소리를 내며 밀려들고 비로소 나도 삼켰던 숨을 내쉬었다.

아저씨들은 이따금 일손을 멈추고 석탄더미 위에 앉아 쉴 때도 있었는데, 에너지가 넘치고 거칠 것 같은 뒷모습과 달리 하얀 이를 드러내며 웃는 모습이 친근하고 순해 보였다.

연탄공장에선 모든 것이 까맸다. 아저씨들의 얼굴도 팔도 다리도 목에 두른 수건까지도 까맸다. 흐르는 땀도 까맸다. 검은 땀을 검은 수건으로 쓱 문질러 닦았다. 공장 문 앞에 엎드려 오고가는 사람들을 곁눈질로 훔쳐보던 누렁이도 까맸다.

세월이 흐르고 세상도 많이 변하여 주변에서 더 이상 연탄공장을 볼 수 없다. 고된 노동으로 가족을 부양하던 아저씨들의 고단했던 삶도, 넋을 잃고 구경을 하던 계집아이의 모습도, 흑백사진 같았던 연탄공장의 풍경도 추억의 갈피 속에서 깊이 잠들어 있다.

2.

고모할머니는 광화문 부근에 사셨다. 나는 방학이 되면 고모할머니 댁에 가서 며칠씩 지내곤 했는데, 도심 한복판에서 초등학생이 할 수 있는 일이 별로 없었다. 두어 밤만 자고 나면 온 것을 후회하며 괜히 들락거리기도 하고 광화문 거리를 배회하곤 했다.

광화문 거리에는 의수족 가게가 많았는데 흰색 휘장을 둘러친 쇼윈도에는 손과 다리 모양의 의수, 의족이 진열되어 있었다. 자연스럽게 내려뜨린 것 같은 모양의 손은 푸르스름한 빛이 감도는 피부 색깔이었다. 따뜻한 피가 흐를 것 같은 검푸른 혈관이 손가락 사이로 뻗어 있었고 핏기 없는 손톱은 손가락 끝에 가지런했다.

처음에 그것을 보고 진짜 손으로 생각하고 놀랐던 기억이 지금도 생생하다. 6·25전쟁 때 손발을 잃은 사람들이 쓰는 것이라고 누군가 말해 주어 담담하게 그것들을 관찰할 수 있게 되었다. 나중엔 피부 색깔이 너무 희다든지 혈관이 없어 진짜 손 같지 않다든지 손끝이 너무 뾰족하다든지 하는 세밀한 차이까지 알아보게 되었다.

집에 돌아와서도 잠자리에 들면 한동안 그 모습이 떠올라 괜히 눈물이 날 것같이 슬펐던 기억이 난다.

얼마 전 텔레비전에서 올림픽 경기를 보던 중 남아프리카의 장애인 육상선수가 철을 휘어 만든 의족을 신고 달리는 모습을 보고 두 번 놀랐다. 첫 번째는 출발선 앞에 선 선수의 의족 모양을 보고, 두 번째는 달릴 때의 속도를 보고서다. 겉모습보다 기능에 초점을 맞춘 디자인. 장애를 겪는 사람도 그것을 대하는 사람도 그만큼 시각이 달라졌기 때문이리라.

3.

기름을 넣으려 주유소에 들어서는데 쭉쭉빵빵 아가씨가 공손히 배꼽인사를 했다. 무심코 목례를 하다가 마네킹인 것을 알고 혼자 웃은 적이 있었다. 감쪽같이 속을 정도로 진짜 같은 가짜의 모습. 신기하여 다시 한 번 돌아보니 어깨를 과감히 드러낸 하늘하늘한 원피스를 입고 서있는 모습이 영락없는 신세대 젊은 아가씨였다. 순간 어린 시절의 기억 한 장면이 떠올랐다.

남산 케이블카를 타는 곳은 사람들로 붐볐다. 조그만 상점이 하나 있었는데 과자와 캐러멜, 담배, 관광기념품을 팔았다. 그곳에 말하는 마네킹이 있었다. 때가 묻고 빛이 바랜 색동저고리 한복을 입은 마네킹은 머리카락 몇 올이 콧등 위로 흘러내려 지친 모습이었다. 갸름한 얼굴에는 귀밑에서 입꼬리까지 이음새 부분이 있고, 그 틈 사이로 크고 작은 톱니들이 들여다보였다. 한복 소매 사이로 빠져나온 긴 손가락은 꾀죄죄했다. 짙은 눈 화장을 한 크고 동그란 눈은 상점 바닥의 한 지점을 응시하고 서 있었다.

손님이 캐러멜 값을 동전 투입구에 넣으면 전원이 켜졌다. 그리고 몸 안에 있는 수많은 톱니가 삐걱삐걱 소리를 내며 돌기 시작했다. 마네킹은 캐러멜이 놓인 곳으로 몸을 돌려 오른손을 뻗어 캐러멜 하나를 집어들고 다시 손님 쪽으로 몸을 돌려 잠시 멈추었다가 그것을 놓았다. 눈을 한번 깜빡인 다음 고개 숙여 인사를 하면 아래턱 부분이 조금 달싹거리면서 허스키한 기계음이 흘러나왔다.

"감사합니다!"

임무를 마치면 '끽' 소리가 났고 전원이 꺼지면 다시

원위치로 돌아가 상점 바닥을 응시하고 서 있었다. 마네킹과 타이밍을 맞추지 못한 손님은 캐러멜을 바닥에 떨어뜨리기도 하고, 마네킹이 캐러멜을 놓기 전에 빼앗듯 채가는 사람도 있었다. 그럴 때면 구경하던 사람들이 모두 웃음을 터뜨렸다.

너무 신기해 계속해서 보고 싶었지만 캐러멜을 사는 손님이 없으면 마네킹은 움직이지 않았다. 나는 괜히 안달이 났다. 내가 캐러멜을 사야 할 것만 같은 불안감에 사로잡혔다. 한참 만에 '땡그렁' 동전 떨어지는 소리가 나면 내 가슴은 뛰었다. 어떤 날은 어둑해질 때까지 그 상점 앞에 앉아 있었던 것 같다.

요즘은 가는 곳마다 심심찮게 마네킹과 만난다. 고속도로변에 세워 둔 경찰관 마네킹. 노란색 안전모에 번쩍이는 유도봉을 든 도로 공사장의 마네킹. 핸드폰 가게 앞의 스포티한 옷차림의 미녀 마네킹은 "안녕하세요? 어서 오십시오" 인사를 하며 고객을 매장 안으로 유도하기도 한다.

화려하고 세련된 모습에 유창하게 말도 하는 요즘 마네킹. 하지만 조잡하고 허름한 모습에 캐러멜이나 옮겨 놓던 추억 속의 마네킹이 나는 더 좋다.

매미와 잠자리

아침나절 빨래를 널다가 한 무리의 잠자리를 보았다. 올들어 처음 보는 잠자리 모습이다. 한 일주일쯤 지났을까? 길을 가다가 멀리서 들려오는 매미 울음소리를 들었다. 올들어 처음 듣는 매미 울음소리다. 여름의 절정을 향해 달려가는 7월 어느 날, 녀석들은 바람처럼 홀연히 나타나 짧은 생을 살다 가는 여름철 우리의 동반자다.

매미와 잠자리는 세상에 출현하는 모습부터 사뭇 다르다. 매미는 성악가처럼 우렁찬 울음으로 자신의 존재를 세상에 알린다. 반면 잠자리는 체조선수가 그리는 리본의 곡선처럼 허공을 선회하며 등장한다. 통통한 몸매의 매미는 턱시도를 차려입고 무대에 선 파바로티를 닮았고, 가냘

프고 여윈 몸매의 잠자리는 토슈즈를 신고 무대에 선 강수진을 연상시킨다. 공통점이 하나 있다면 녀석들은 얇고 투명한 날개 하나 붙이고 세상에 온다는 것이다. 부실한 날개로 여름 한철 살아갈 일이 염려될 정도다.

그러나 우리 걱정은 말 그대로 기우다. 매미는 날개를 부채 접듯 고이 접어 몸에 붙이고 그것을 비벼 소리를 얻는다. 이동시간도 아끼기 위해서일까? 이 나무에서 저 나무로 짧은 거리만을 옮겨 다닌다.

잠자리는 우아함의 진수를 보여 주려는 듯 삽상한 날개를 파르르 떨며 허공을 떠다닌다. 나비처럼 팔랑대지 않고, 벌처럼 소란스럽지 않다. 부양한 채 무언가 골똘히 생각에 잠긴 것 같기도 하고, 오수를 즐기는 것 같기도 하다.

매미의 무대는 주로 나무그늘이다. 바람 한 점 없는 여름날, 폭염에 대항하듯 울어 재끼지만 소리만 요란할 뿐, 그늘에 숨을 때부터 이미 전의 같은 건 상실했다. 우렁찬 소리꾼을 좇아 살그머니 다가가면 소리 끝을 떨며 다른 곳으로 몸을 피한다. 자신의 존재를 숨기면서 목청을 높이는 속내를 이해하지 못하겠다.

반면 잠자리는 당당하다. 그늘로 숨지 않는다. 목청을

높이는 일도 없다. 피할 수 없으면 차라리 즐기자는 건가? 폭염 아래서 일광욕도 하고 댄스파티도 즐긴다. 녀석들의 도발에 태양도 잠시 주춤하며 구름 속으로 몸을 피한다.

매미는 무리 짓지 않는다. 혼자 돋보여야 하는 솔리스트에게 무리는 도움이 되지 않는다. 해서 홀로 떠돌이 생활을 한다. 떠돌이 소리꾼들은 밤을 하얗게 밝히며 소리에 열중한다. 녀석들의 아우성에 사람들은 밤잠을 설친다.

잠자리는 무리지어 활동한다. 작은 체구 깡마른 몸매로 추는 나홀로 춤은 관객을 사로잡지 못한다는 것을 녀석들도 잘 알고 있는가 보다. 해서 팀을 이뤄 군무를 춘다. 앞으로 뒤로, 위로 아래로 자리를 바꾸어 가며 호흡을 맞춘다.

한여름 밤의 꿈처럼 생이 짧다는 것을 알아서일까? 녀석들은 서로 다투지 않는다. 잘났다고 뻐기지도 않는다. 무엇을 먹을까, 무엇을 마실까, 염려하지도 않는다. 사는 날 동안 자기의 달란트대로, 노래하고 춤추다가 태양 빛이 바랜 어느 날 홀연히 소멸한다.

그 많던 매미와 잠자리는 다 어디로 간 것일까? 여름 한철, 바람결에 나타나 축제처럼 살다가 미련 없이 소멸하는 녀석들의 삶이 부럽다.

나의 첫 빙수

어린 시절 처음 빙수를 먹던 날이 생각난다. 그 시절엔 여름철이면 사흘이 멀다하고 수돗물이 나오지 않았다. 그 날도 며칠째 수돗물이 나오지 않았던 것 같다. 꽃집 할아버지네 집 앞에는 물차를 기다리는 물초롱 행렬이 길게 늘어서 있었고, 나는 뙤약볕에 쪼그리고 앉아 우리 집 물초롱을 지키고 있었다.

주인이 없다 싶은 물초롱은 자꾸 뒤로 뒤로 밀려났기 때문에 나중에 나타난 사람과 차례를 기다리던 사람들 사이에 실랑이가 벌어지곤 했다. 어떤 때는 격한 몸싸움으로 번지기도 했다. 엄마는 이웃과 다투기 싫다며 나를 늘 보초로 세워 놓았다.

그날은 내가 물초롱 지키기를 하지 않겠다고 떼를 썼던 것 같다. 손에는 동전 두어 개가 쥐어져 있었다. 물초롱을 지키는 대가로 엄마한테 받은 것이었다. 가끔씩 동전을 펼쳐보고 그것으로 위안을 삼으며 한낮의 더위를 견디고 있었다. 얼마나 시간이 지났을까?

"빵-빵! 빵-빵-빵!"

멀리서 파란색 물차가 클랙션 소리를 울리며 커브길에 나타났다. 그러자 온 동네 대문이 일제히 열리며 사람들이 물차를 향해 뛰어나왔다. 드디어 엄마도 오셨다. 그 다음 일은 나와는 상관없는 일.

나는 빙수가게를 향해 달렸다. 멀리 하얀색 깃발이 보이고, 한가운데 하늘색으로 쓴 '氷' 자가 눈에 들어왔다. 무슨 글자인지도 모르면서 벌써 마음이 시원해졌다. 나는 여러 날 전부터 그 가게 앞에서 빙수 만드는 것을 눈여겨 보아온 터였다. 이제 먹는 일만 남은 것이다. 빙수가게 아저씨 앞에 동전부터 내밀었다. 손바닥엔 푸르스름한 동전의 녹 자국이 배어 있었다.

아저씨는 얼음 창고로 다가가 손잡이를 돌렸다. '덜커덕' 소리를 내며 문이 열리자 냉기가 왈칵 쏟아져 나왔다.

아저씨는 커다란 얼음덩이를 집게로 끄집어냈다. 그리고 흥부전에나 나옴직한 박 타는 톱으로 '써억써억' 얼음을 잘랐다. 작게 잘려 물이 뚝뚝 떨어지는 한 조각 얼음덩이. 그것을 파란색 빙수기계 위에 올려놓고 손잡이를 돌리자 촘촘히 박힌 못이 '스륵스륵' 소리를 내며 내려오더니 '우지직' 파열음을 내며 얼음을 파고들었다. 얼음 파편이 사방으로 튀었다. 파란색 빙수기계는 자못 위협적이었다. 그 모습에 이미 더위의 절반쯤은 날아가 버린 것 같았다.

빙수기계에 물린 투명한 얼음. '사각사각' 소리를 내며 깎이더니 유리그릇에 함박눈 같은 얼음이 산처럼 쌓였다. 그 위에 빨강, 파랑, 노랑색 색소를 차례로 '칙칙칙' 뿌리고, 연유를 붓고, 단팥 한 숟가락을 얹었다. 마지막으로 콩가루를 '살살' 뿌리고 쪼그만 찰떡 몇 개를 얹었다. 빙수 완성.

꾀죄죄한 파라솔 아래에 앉아 나름대로 우아하게 빙수를 먹었는지, 위협적인 빙수기계 옆에 서서 약간의 공포감을 억제하며 먹었는지는 생각나지 않는다. 맛도 달달했겠지 정도의 추측만 할 뿐, 무슨 맛이었는지도 생각나지 않는다. 다만 빨강, 파랑, 노랑색 색소와 단팥이 섞이면서

죠스 바를 연상시키는 섬뜩하고 기묘한 색깔의 껄쭉한 빙수를 떠먹었던 기억만 남아 있다.

그리고 차가운 얼음물이 식도를 타고 내려가면서 온몸으로 퍼지던 시원함은 오랜 세월이 흐른 지금도 뇌리에 남아 있다. 요즘도 더위가 절정에 달할 때면, 나는 각인된 그 느낌을 쫓아 빙수 파는 곳으로 달려가곤 한다.

그때의 기억 때문일까? 나는 빙수의 얼음과 토핑을 몽땅 섞어 죽처럼 만들어 먹지 않는다. 빙수 그릇을 살살 돌려가며 얼음의 시원함과 각 재료의 맛을 천천히 음미하면서 먹는다.

요즘 빙수는 맛도, 영양도, 비주얼도 훌륭하다. 게다가 냉방도 빵빵하고 쾌적한 곳에서 담소를 나누며 먹는다. 그러나 나는 이따금 불량 색소에 불결했음직한 얼음, 섬뜩한 빙수기계로 만든 나의 첫 빙수, 그 시절의 빙수가 그리울 때가 있다.

당신의 친절, 사양합니다

아이들이 어렸을 때의 일이다. 가을이었는데 우리 집 마당에 몇 포기 심어 놓은 들깨에 씨앗이 영글어 가고 있었다. 한 떼의 참새들이 날아와 몰래 깨 서리를 하다가 인기척에 놀라 달아나곤 했다.

그날도 마당에 놀러 왔던 아기 참새 한 마리가 열어 놓은 현관문을 통해 거실로 날아들었다. 출구를 찾지 못한 참새는 거실 유리를 통해 밖으로 날아가려다 부딪쳐 바닥에 떨어지고 다시 부딪치고 하기를 반복하고 있었다. 내가 열린 문 쪽으로 유도하려고 수건을 휘둘렀더니 놀란 녀석은 더욱 거세게 유리를 향해 몸을 날렸다. 작은 몸이 산산이 부서져 버릴 것만 같았다.

안되겠다 싶어 붙잡아서 날려 보내기로 생각을 바꾸었다. 한참 실랑이 끝에 겨우 참새를 잡았다. 생각보다 참새의 몸은 매우 작았다. 콩콩 뛰는 심장의 박동과 따스한 체온이 손끝으로 전해졌다. 순간 이기적인 욕심이 발동했다. 아이들에게 관찰 학습도 시키고, 좀 키워서 날려 보내도 나쁠 것이 없겠다는 생각이 들었다.

마침 쓰지 않는 작은 철망이 있어서 새장을 마련할 때까지 그곳에 가두기로 했다. 지켜보고 있던 두 딸도 손뼉을 치며 좋아했다. 거실 바닥에 깨끗한 수건을 깔아 주고 쌀을 불려 잘게 빻아 모이를 만들었다. 작은 종지에 물도 담아 주었다. 모든 것이 참새가 살기에 완벽했다.

'이만하면 임시 거처로는 충분하겠지….'

그런데 이번에는 참새가 철망을 뚫고 나가려고 했다. 모이 따윈 안중에도 없었다. 탈출하는 것에만 집중했다. 철망에 부딪치고, 부딪치고, 또 부딪쳤다.

'처음엔 다 그런 거야…. 하다 지치면 말겠지….'

밤이 깊어도 참새는 탈출을 포기하지 않고 있었다.

'낯선 환경에 우리도 들여다보고 있으니 불안해서일까?' 참새의 입장을 헤아려 일찍 전등을 끄고 잠자리에 들었다. 어둠 속에서 참새가 철망에 부딪치는 소리가 어렴풋이 들려왔다.

다음 날 새벽녘에 잠이 깼다. 참새 생각이 났다. 거실에 나가 철망 안을 들여다보다가 깜짝 놀랐다. 참새의 머리가 빨갛게 벗겨져 피가 흐르고 있는 게 아닌가? 날갯짓을 할 때마다 빠진 깃털이 사방으로 날렸다. 녀석은 밤새도록 탈출하려 했던 모양이었다. 물과 모이도 그대로였다.

'저러다가 죽는 건 아닐까?' 후회가 밀려왔다. 한 줌 사료에 길들여져 사는 동물들도 많은데 녀석의 작은 몸 어느 구석에 길들기를 거부하는 유전자가 숨겨져 있는 것일까? 몰라보게 변해 버린 아기 참새의 몰골을 보니 마음이 숙연해졌다.

'그래, 미안하다. 내 이기심이 너를 이리 만들었구나. 내가 무슨 권리로 너의 자유를 억압한단 말인가?'

철망 안에 손을 넣었다. 그리고 하룻밤 사이에 몰라보게 앙상해진 녀석을 붙잡아 높고 푸른 가을 하늘을 향해 날려 보냈다.

'잘 가거라, 아기 참새야! 그리고 절대 포기하지 마라. 자유를!'

친구 만나고 출연료 받고

지난 3월 '생로병사의 비밀'이라는 텔레비전 프로그램에서 참여할 사람을 모집한다는 공지가 인터넷에 떴다. 자세히 읽어 보니 혈압이 140~150 정도이면서 약은 먹고 있지 않은 경미한 고혈압 환자의 참여를 기다린다는 내용이었다.

작년 연말 건강검진을 받았을 때 혈압이 140 이상으로 나타나 주의를 요한다는 진단이 내려진 터라 용기를 내어 신청서를 작성하고 확인 버튼을 꾸욱 눌렀다.

'만일 방송국에서 정말 연락이 오면 어떻게 하지?'

잠시 걱정이 되었지만 정 못하겠으면 그때 가서 못하겠다고 해도 손해날 것은 없겠지 생각하고 창을 닫았다. 처음 며칠은 전화벨이 울리면 방송국이 아닐까 하는 생각에 가슴을 두근거리며 전화를 받곤 했는데, 한 주 두 주 지나면서 탈락되었나 보다 생각하고 까맣게 잊고 있었다.

3개월 정도 지나간 어느 날 전화 한 통이 왔다. 밝고 명랑한 젊은 여성의 목소리였다.

"여기 KBS 생로병사 담당 작가인데요, 김정례 어머님이신가요?"

"네, 맞는데요."

"아! 네, 지난번 '생로병사의 비밀' 프로그램에 참가하신다고 신청하셨죠?"

"네, 그런데 떨려서 할 수 있을까 모르겠어요."

"걱정하지 마세요. 스텝들이 도와주실 거구요, 자연스럽게 그냥 찍기만 하시면 돼요."

"그래도 떨려서…."

"이번 기회에 건강도 챙긴다 생각하시고 한 번 도전해 보세요."

"그러엄… 한 번 해 볼게요."

이렇게 해서 난생처음 텔레비전 프로그램에 참여하게 되었다.

일주일 후, 전농동에 있는 서울시립대학교에서 프로그램 참가자 주부 4명과 체육학과 교수님과 연구원 등 10명 내외의 팀이 구성되었다. 담당 PD는 40대 초반의 젊은 남자분이었는데 겸손한 말투로 자기소개를 하고 프로그램 개요를 간단히 설명해 주었다. 우리가 참여하게 되는 부분은 근력운동을 통한 혈압강하라 했다. 유산소 운동이 혈압을 낮춘다는 것은 이미 잘 알려진 사실인데 근력운동을 통해서도 혈압을 낮출 수가 있다고 교수님이 설명해 주었다.

눈부신 조명이 켜지고 커다란 카메라가 코앞에 바짝 다가와 혈압을 재고 기초검사를 하고 있는 나를 촬영했다. 입안이 마르고 이마와 등줄기에서 땀이 비 오듯 흘러내렸다. 긴장한 탓일까 혈압이 150을 훌쩍 넘었다. 다른 참가자들도 평소보다 혈압이 높게 나왔다는걸 보니 모두 긴장한 모양이었다.

4명의 참가자에게 인터뷰도 이어졌다. 언제부터 혈압이 높아졌는지, 평소 운동은 하는지, 혈압에 대한 가족력이 있는지 등의 질문이 이어졌고 우리는 버벅거리며 답변을 했다. 이렇게 두 시간여 동안의 촬영이 끝났다. 무슨 말을 했는지 조리 있게 대답은 잘 했는지 전혀 기억이 나지 않아 괜한 짓을 하는 건 아닌가 은근히 후회가 되었다.

이튿날, 우리는 교내 헬스클럽에 다시 모였다. 체육학과 4학년 학생이 전담 트레이너로 소개되었는데, 그는 보디빌더라고 했다. 헐렁한 반팔 티셔츠 소매 밑으로 풍선처럼 부푼 근육질 팔뚝이 인상적이었다.

먼저 혈압을 재고 준비운동에 이어 근력운동을 시작했다. 약간 벅찬 무게로 15회 2세트를 하는 동안 카메라는 출연자들의 움직임을 놓치지 않으려는 듯 꼼꼼하게 찍어나갔다. 전날 경험 때문인지 어제보다 긴장은 덜 되었으나 카메라에 비쳐질 삼중 턱에 신경이 쓰였다. 한 시간 정도 운동을 하는 동안 나는 카메라를 의식하며 마치 연예인이나 된 듯한 착각 속에서 그날 녹화를 무사히 마쳤다.

무더위에 비까지 자주 내려서 오고 가는 길이 힘들었지만 2주가량 계속된 운동이 모두 끝났다. 엄청난 양의 인터뷰와 엄청난 양의 촬영을 했다. 평범한 일상을 찍는다며 집까지 찾아와 촬영을 했다. 또 먼지 묻은 앨범을 뒤져 날씬했던 옛날 사진도 대여섯 장 담아갔다. 그런데 신기한 것은 150/90까지 올랐던 혈압이 130/85 가까이 떨어진 것이다.

　처음 프로그램을 시작할 때 근력운동으로 혈압을 떨어
뜨릴 수 있다는 교수님의 설명을 들을 때까지만 해도 '과
연 그럴까?' 의심했는데 놀랍기만 했다. '탁월한 선택이
었어!' 어떤 광고의 카피가 스치고 지나갔다. 방송하는 날
까지 남은 시간은 2주. 거북이걸음 같은 시간이 흘렀다.

　7월 2일 오후 10시. 드디어 방송 시작. 온 가족이 텔레
비전 앞에 모였다. 시그널 음악이 들어오고 근육이 인체
에서 담당하는 역할에 대한 멘트가 이어졌다. 첫 번째 출
연자는 근력운동으로 34kg이나 감량에 성공한 40대 여자
분이었는데, 체중 감량 성공 후의 자신감 넘치는 삶에 대
해 이야기를 했다. 이어서 척추측만증인 골프선수가 근력
운동으로 통증 없이 선수생활을 하고 있다는 내용, 관절
염을 앓고 있는 60대 여자분과, 단조로운 인생에 이벤트
로 몸짱에 도전한 교수님 등 근육과 관련된 다양한 체험
과 임상실험 등의 내용이 전파를 탔다.

　방송시간은 50분. 40여 분이 흘렀는데도 나는 아직 등장
인물이 아니었다. 가족들과 방송에 나온다고 떠벌린 친구
들과 지인들의 얼굴이 떠올랐다. 내가 누군가에게 속았던

건 아닐까? 온갖 생각이 스쳐지나가는 순간 체리핑크색 티셔츠를 입고 운동기구에 앉아 잔뜩 힘을 주어 일그러진 얼굴의 50대 중반 여성이 화면 가득 나타났다. 두 딸들이 일제히 함성을 질렀다.

"엄마다!"

화면에 나타난 내 얼굴은 말 그대로 중년 아줌마였다. 저렇게 뚱뚱한가? 프로그램 내용보다 모든 사람에게 비쳐질 내 모습에 더 신경이 쓰였다. 저럴 줄 알았으면 평소 적게 먹고 운동해서 살 좀 빼 놓을걸….

이런저런 생각에 자세히 볼 겨를도 없다. 설거지를 하고 청소기를 돌리고 소파에 앉아 텔레비전을 보는 일상생활에 대한 촬영부분이 나오는가 싶더니 "처음 시작할 때만해도 근력운동이 혈압을 낮출 수 있을까 생각했는데 이렇게 혈압이 낮아져 약을 먹지 않아도 되니 기쁘구요…. 앞으로도 열심히 운동해서 건강하게 살아야죠(웃음)"라고 말하는 것을 끝으로 방송이 모두 끝났다.

'5분 정도의 방영분을 그렇게 많이 찍었단 말인가?'

이번 프로그램 참가자 모두 이런 생각을 했을 것이다. 방송이 끝나자마자 휴대폰에 문자가 계속 들어왔다. 예쁘게 나왔다는 둥, 말도 잘한다는 둥, 방송 보고 있는데 네가 나와서 깜짝 놀랐다는 둥, 방송에 출연하면서 한마디 말도 없이 출연하냐며 서운한 감정을 드러내는 문자까지.

방송의 위력은 그 다음 날부터 일어났다. 큰딸애가 슈퍼에 갔었단다. 예전부터 동네에서 얼굴만 아는 정도의 아줌마가 다가오더니 혹시 엄마가 방송에 나오셨냐며 말을 걸어서 그렇다고 했더니, 아는 사람이 방송에 나와서 너무 반가웠다면서 두 손을 꼭 잡더란다. 큰딸도 신기했는지 들뜬 목소리로 전화를 걸어왔다.

그 주 일요일 교회에 갔더니 많은 사람들이 방송을 보고 아는 체를 해 주었다. 방송국에 아는 사람이 있어서 출연했느냐? 출연료는 얼마나 받느냐? 정말 혈압이 내려갔느냐? 스타가 됐으면 한턱 쏴야 하는 거 아니냐? 아는 체해 주는 사람 수만큼 질문도 가지가지였다. 어느 날 자고 일어났더니 스타가 돼 있더라던 누군가의 말이 실감났다.

들뜬 시간이 지난 며칠 후 방송국 담당 작가에게서 전화가 걸려왔다. 나의 친구라는 사람이 전화번호를 알려 달라더란다. 그래서 전화번호는 알려 줄 수가 없으니 그쪽 연락처와 이름을 알려 주면 연락을 해 주겠다고 해서 번호를 받아 놨으니, 혹시 아는 분이면 전화해 보라며 이름을 말해 주었다.

그런데 이게 웬일인가? 30여 년 전 그 친구의 결혼식 참석을 마지막으로 연락이 두절됐던 친구의 이름이었다. 촬영 중에 담당 PD로부터 이 프로그램의 주 시청자는 50대 여성이라는 말을 들었다. 그때 막연하게 이 프로그램을 보고 두 친구와 연락이 닿았으면 좋겠다고 생각했었다. 그런데 그중 한 친구로부터 연락이 온 것이었다.

우리는 그날로 당장 만났다. 꽃다운 나이에 헤어져 주름진 얼굴로 마주 앉으니 세월의 무상함이 절절히 느껴졌다. 그녀는 옛날 단정하고 야무졌던 그 모습 그대로 열심히 살고 있었다. 그동안 못다 한 이야기들을 풀어놓으며 50대 중반의 하루를 보냈다. 텔레비전 전파도 타고 덕분에 친구도 만나고, 출연료도 받으니 말 그대로 일석삼조가 따로 없었다.

며칠 후 통장에 교통비 명목으로 50,500원이 입금되어 있었다.

운 베쏘Un beso에 전염되다

　지난 삼월, 친정어머니도 뵐 겸 조카딸 결혼식에도 참석할 겸 아르헨티나에 갔었다. 서른 시간가량의 비행 끝에 도착한 부에노스아이레스. 봄의 문턱에서 한국을 떠났는데 그곳은 가을로 접어들고 있었다. 계절뿐만 아니라 낮과 밤도 우리나라와 정반대이고 사람들의 말과 생김새, 햇살의 느낌과 공기 냄새까지 낯설어서 비로소 지구 반대편에 와 있다는 것이 실감났다.

　공항은 막바지 피서 인파로 붐볐다. 떠나는 사람과 돌아오는 사람들 모두 조금은 들뜬 분위기로 서로 포옹하며 볼과 볼을 맞대고 인사하고 있었다. 허그에 해당하는 인사법을 아르헨티나에선 '운 베쏘'라고 하는데, 그 모습이 다정해 보이면서도 왠지 낯설고 어색했다. 공항 벤치에 앉아 이런저런 생각을 하고 있는데 마중 나온 막냇동생이 나를 알아보고 달려왔다. 반가웠다.

어머니를 모시고 사는 큰동생 집에 여장을 풀었다. 오랜만에 보는 어머니 얼굴에 주름이 많이 늘었고, 동생들도 조금은 낯설게 느껴졌다. 4년 전, 중학교와 고등학교에 다니던 조카들은 어엿한 청년과 아가씨가 되어 있었다. 아이들이 자라는 것에 비하면 어른들의 늙는 속도는 더딘 것 같아 그나마 조금 위로가 되었다.

조카라고 하지만 몇 년에 한 번, 잠깐밖에 만나지 못하니 서먹할 수밖에 없었다. 나와 피를 나누고 같은 성씨를 쓰며 먼 나라에서 뿌리내리고 살아가는 조카들. 나도 모르게 팔을 벌려 운 베쏘 인사를 했다. 공항에 앉아 운 베쏘에 얽힌 생각을 할 때와는 다르게 전혀 어색하지 않은 것이 이상할 정도였다. 청춘의 푸름이 가슴 가득 밀려왔다.

바로 다음 날부터 조카딸 결혼 준비에 들어갔다. 사돈댁과 상견례를 하고 예단을 갖춰 보내고 함을 받는 일로 거의 매일 여동생네 집으로 출근하다시피 했다. 제부는 만날 때마다 웃는 낯으로 나에게 뺨을 맞대고 운 베쏘 인사를 한다. 그때마다 나는 늘 굳어지고 어색했다. 피할 수만 있으면 피하고 싶었다.

제부를 처음 만났을 때 생각이 났다. 그는 이탈리아계 현지인이다. 동생이 그와 결혼하겠다고 선포했을 때 온 가족이 반대했다. 나도 여러 차례 국제전화를 걸어 인종도 문화도 자라온 환경도 다른 사람과 어떻게 살려고 하느냐며 만류했다. 하지만 동생의 결심은 확고했다. 한바탕 소동을 치른 끝에 결혼식 날짜를 잡았다고 연락이 왔다.

어머니 팔순 잔치를 겸해서 혼례식을 하기로 했다. 그때도 잔치에 참석하려고 그곳에 갔었다. 그곳에 도착한 지 며칠 후. 동생이 지금의 제부를 인사시키겠다며 저녁 식사에 초대했다. 약속 장소에 도착하니 먼저 와 있던 동생과 약혼자가 자리에서 일어났다.

나는 첫눈에 동생이 반할 만하구나 생각했다. 훤칠한 키에 각진 이마, 오뚝한 콧날, 올백으로 빗어 넘긴 짧은 머리. 마치 로마 개선장군의 조각상을 보는 것 같았다. 그는 나를 보자 어떻게 인사를 해야 할지 잠시 망설이는 눈치였다. 내가 웃으며 다가가 몸을 약간 앞으로 숙였다. 그가 내 뺨에 자기 뺨을 갖다 대고 "쪽" 소리를 내며 운 베쏘 인사를 했다. 순간 야릇한 감정이 일렁였다. 낮 동안 자란 수염이 따갑게 볼에 스쳤다. 희미한 향수 냄새도 났다. 온몸의 신경이 일제히 뺨으로 집중됐다. 얼굴이 화끈 달아올랐다. 그 나라의 높은 이혼율과 미혼모 출산율은 이 야릇한 인사법에 원인이 있는 건 아닐까 생각이 들 정도였다.

조카 결혼식도 마치고, 동생과 이곳저곳 여행도 다니고, 두 달간의 꿈같은 시간을 보내고 돌아왔다.

귀국 후 일주일쯤 지난 어느 날 저녁. 예전에 엔카 부르기 모임을 같이 했던 친구한테서 전화가 왔다. 한 번 뭉치자는 것이었다. 사당동 한 식당에서 만나기로 했다. 이틀 후, 약속 장소에 도착하니 모두들 모여 있었다. 차례로 손을 잡고 인사한 후 자리에 앉았다.

그런데 뭔가 서운했다. 마음 같아서는 뺨을 맞대고 포옹 인사를 하고 싶었다. 특히 나와 동갑인 박 선생과는 반가운 마음이 더했던 것이었을까? 남의 이목이나 체면을 무시하고 덥석 안고 운 베쏘 하고 싶었다. 수인사만으로는 미진한 무언가가 있었던 게다. 우리네 정서에 맞지 않아 늘 부정적으로 생각했던 운 베쏘. 나는 어느새 그것에 전염되어 있었던 것이다.

어느 산모

겨울이 깊어가는 어느 저녁 지하철역 앞.

인근 병원에서 아기를 낳은 듯, 강보에 쌓인 아기를 안고 두 여인이 걷고 있다.

아기를 안은 중년 여인은 강보를 들춰 보며 연신 아기를 토닥거린다. 두어 걸음 뒤따르는 젊은 여인은 터벅터벅 발걸음이 무겁다.

빌딩 사이엔 초승달이 걸렸고, 달빛 아래 드러난 아기 엄마는 동남아 여인. 붓기가 채 가시지 않은 까무잡잡한 얼굴에 검은 눈망울이 젖어 있다.

'이국땅에서 혼자 아이를 낳았구나! 친정엄마도 없이.'

자꾸자꾸 강보를 들춰 보는 할머니. 대를 이은 것에

안도하는 것 같기고 하고, 꼬물꼬물 새 생명을 대견해하는 것 같기도 하다. 손자가 귀한 만큼 며느리도 토닥이고 잘 챙겨 주는지 궁금증이 인다.

아기 엄마는 아이보리색 스웨터와 핑크색 추리닝 바지를 입고 있었는데, 스웨터의 꽈배기 무늬가 얼키설키 얽혀 잘 살아 보려는 의지의 표현 같다.

그런데 나는 왜 자꾸 안쓰러운 생각이 드는 걸까?

'이곳에 온 지는 얼마나 됐을까?'

'오늘 겪는 이 추위는 이국땅에서 만난 첫 추위일까, 두 번째 추위일까?'

문득 떠오르는 기억 한 조각.

'나도 온 가족이 이민을 떠난 후 첫 아이를 낳고 눈물 반 미역국 반을 먹었었지!'

괜스레 가슴이 먹먹해졌다.

가로등 불빛이 겨울바람에 떨고 있는 거리. 시어머니와 며느리의 뒷모습이 시나브로 인파에 섞이며 어둠 속으로 사라지고 있다.

대왕참나무

우리 집 건너편엔 대단위 아파트 단지가 있다. 그곳엔 담장을 따라 이름 모를 나무가 줄지어 서 있다. 그 나무는 전봇대처럼 곧고 가지는 팔을 벌린 듯 옆으로 뻗었으며 아파트 8층 창문을 가릴 정도로 키가 크다. 나뭇잎 모양이 민들레 잎처럼 굴곡이 졌는데, 지금까지 본 적이 없는 생소한 나무여서 그 이름이 궁금했다.

어느 해 여름, 태풍이 지나간 뒤였다. 바람에 찢겨 떨어진 가지며 나뭇잎이 거리에 나뒹굴었다. 생김새가 특이한 연녹색 나뭇잎이 예뻐서 사진을 찍었다. 그리고 나무나 꽃 이름을 잘 아는 지인을 만날 때면 사진을 보여 주며 이름을 묻곤 했다. 그러나 아는 이가 없었다.

그 이름을 알게 된 것은 한참 지난 후였다. 우연히 도심 공원에서 그 나무와 같은 나무에 '대왕참나무'라는 팻말이 붙어 있는 것을 보았다.

'오호! 참나무 중의 왕이라고?'

이름도 특이했다. 인터넷을 검색해 보니 학명은 Pin Oak. 미국, 캐나다가 원산지이며, 수형이 아름다워 수년 전부터 조경수로 각광받고 있다고 한다. 게다가 우리와 얽힌 사연도 있었다. 손기정 선수가 독일 베를린 올림픽 마라톤에서 우승했을 때 머리에 썼던 월계관이 대왕참나무 가지를 엮어 만든 것이란다. 당시 히틀러는 메달을 수여하고 묘목 한 그루를 부상으로 주었는데, 그 나무가 대왕참나무였으며 양정고등학교 옛 교정에 심겨져 지금까지 잘 자라고 있다고 한다. 손기정 선수는 시상대 위에서 그 묘목으로 가슴에 단 일장기를 교묘히 가렸다는 기록이 남아 있다.

그 이름과 사연을 알고 호감을 갖게 된 때문일까? 요즘은 도심 곳곳에서 자주 눈에 띈다. 이름도 생김새도 거창한 이 나무는 벚꽃 잎이 흩날릴 무렵. 갓난아기 손 같은 새순이 보송한 솜털에 덮여 돋아난다. 5월에 접어들 무렵

부터는 손바닥을 펼치듯 잎 모양이 드러나는데, 기름을 바른 듯 윤기가 흐르는 연두색 이파리가 앙증맞다. 한 줄기 바람이라도 불면 반짝이는 작은 이파리 사이로 레몬빛 햇살이 부서져 쏟아진다.

여름이 되면 양팔을 벌리듯 뻗은 가지는 넉넉한 그늘을 만들고, 우거진 가지 사이사이에 새들의 보금자리가 마련된다. 어미 새들은 초록잎 사이를 부지런히 드나들며 새끼들을 키우느라 여념이 없다. 그러는 사이 새들도 나무도 성장하고 여름은 깊어간다.

이 나무는 가을에 단풍 드는 방식이 특이하다. 처음엔 녹색 잎이 빛이 바래며 노랑으로 물드는가 싶다. 그러다가 어느 날 문득 불이 붙은 듯 붉게 물든다. 그것도 잠시, 마침내 다른 참나무류와 같은 색인 갈색 낙엽이 된다.

사나흘, 겨울을 예고하는 가을비가 추적추적 내리고 매운바람이 한 차례 지나가면 다른 나무들은 서둘러 잎을 떨어뜨리고 겨울 채비를 서두른다. 그러나 대왕참나무는 나뭇잎을 떨어뜨리지 않는다. 누추한 갈색 잎을 그냥 매단 채 긴 겨울을 난다. 칼바람이 불어도, 눈보라가 쳐도 악착같이 붙들고 있다. 대왕의 체면에 차마 벌거벗지 못하는 것 같기도 하고, 다 큰 자식들을 애면글면 떼어놓지 못하는 이 시대의 부모를 보는 것 같기도 하다.

3월. 쌀쌀한 바람 속에 한 줄기 훈풍이 실려 온다. 그러나 아직 본격적인 봄은 아니다. 그 무렵 대왕참나무는 그렇게 애지중지 움켜잡고 있던 묵은 나뭇잎을 하나둘 떨어뜨린다. 긴 겨울을 잘도 견뎌 낸 나뭇잎이 봄 앞에서 맥없이 떨어진다. 새순이 밀어내는 힘을 당해 내지 못하는 것 같다. 자연은 오로지 새 생명에게만 관심을 갖는가 보다.

사회에서 직장에서 낙오하지 않으려고 안간힘을 쓰며 버티던 이 시대의 노인들. 세월에 밀리고, 젊은 세대에 떠밀려 물러나는 그 덧없고 쓸쓸함을 대왕참나무가 대변하는 듯하다.

창문만 열면 마주 보이는 대왕참나무. 여러 해 동안 그 생태를 바라보다가 감정이 이입되어 이런저런 생각을 한번 해 봤다. 이 또한 나이 탓인가 보다.

귀여운 나의 공주

저녁나절. 손녀 서현이와 빵집 창가에 앉아 있다.

서현이는 빵을 먹고, 나는 커피를 마신다.

소아과 진료를 마치고 그 보상으로 드나들기 시작한
빵집 나들이.

아이는 뽀로로 빵 한 조각에 마냥 행복하다.

아이가 입에 넣어 준 빵 한 조각에 할머니도 행복하다.

아이가 봄꽃 같이 활짝 웃는다.

할머니도 주름살을 펴며 씽긋 웃는다.

아이의 웃음.

모카번 굽는 냄새.

그리고 커피 향.

나는 이 시간이 참 좋다.

"함미니, 서현이 겨울왕국 케이크 사주세요."

"그래! 사줄게. 서현이 생일날 촛불 켜고 '생일 축하합
니다' 노래부르자."

빵값 계산을 하는 동안 쇼 케이스 앞을 서성이더니 어느
새 세 번째 생일 케이크를 찜해 두었나 보다.

겨울왕국 캐릭터에 열광하며 공주 같은 시간을 살고
있는 아이.

엘사공주 드레스에 엘사공주 구두를 신고, 엘사공주
머리핀을 꽂는다. 그리고 제가 공주라고 한다.

산타할아버지의 존재를 눈치 챌 무렵 아이는 환상에서
깨어나겠지.

지금 이 시간을 행복으로 기억하고 행복한 아이로 자랐
으면 좋겠다.

창밖에는 벚꽃 잎이 눈처럼 흩날리고.

부드러운 저녁 햇살이 행인들 머리 위로 내려앉는다.

사랑과 평화의 메시지

김 우 종

문학평론가, 전 덕성여대 교수

1. 숲과 샘물의 만남

김정례의 수필세계는 맑고 밝고 아름다우며 기쁨과 활기가 넘친다. 힘겹고 외로운 삶에 지쳐서 한강 다리를 찾아가려는 사람이 있다면 먼저 이 수필집을 권해 봐도 좋겠다. 힘겹고 외로운 사람만이 아니다. 혼자서만 먹고 배가 터질 지경이어도 끝내 아귀餓鬼로 살아가는 수많은 한국형 현대인들에게도 이 작가의 문학세계로 와 보라는 초대장을 보내도 좋겠다.

그런데 이같은 밝음과 맑음과 아름다움과 즐거운 웃음의 신발 밑에서는 귀를 잘 기울이면 슬픔의 샘물 소리가 들린다. 그 슬픔은 이젠 아주 멀리 바다로 흘러간 것 같은데 아직도 그 기억은 남아서 지하수가 되어 흐르고 있다.

그런 샘물 소리가 슬픔의 소리임에 틀림없다면 지표면으로 나타나는 밝음과 맑음과 재미와 웃음과 삶의 지혜는 모두 지하에서 흐르는 슬픔의 기억과 하나가 되어 있는 셈이다. 그러니까 수필의 구조로 보면 서로 다른 세계가 상호작용에 의해서 더 많은 밝음을 전해 주고 더 많은 슬픔의 기억을 되새겨 주어 서정적 감동을 극대화시키고 있다.

이렇게 그려진 그의 수필세계는 프랑스 작가 장 지오노 Jean Giono 1895~1970가 《나무를 심은 사람》에서 그려낸 숲을 연상시키기도 한다. 맑은 샘물이 흐르고 온갖 새들과 짐승들이 노니는 숲. 그리고 그 속에서 행복하게 살아가는 사람들을 연상하게 한다. 그 맑음과 밝음과 기쁨은 슬픈 기억의 샘물을 마시며 성장한 것이기 때문이다.

2. 산동네 사람들의 행복

김정례가 그린 〈파이팅, 나의 이웃들〉의 사람들은 모두 그런 숲 속에서 행복하게 살아가는 사람들이다. 이들은 부자가 아니지만 충분히 행복하다. 작자가 운동화를 신고 한 시간쯤 산책을 하면서 만나게 되고 보게 되는 사람들은 한국 사회에서는 평균치 또는 그 이하의 생활 수준에 머물고 있지만, 작자는 그들에게서 행복의 기쁨을 읽어내며 '파이팅! 나의 이웃들'이라고 격려의 박수를 보내고 있다. 물론 이것은 그들보다 먼저 자신을 향한 목소리일 것이다.

> 나의 산책 코스는 봉현초등학교 교문 앞에서 국사봉 터널까지. 두 번 왕복하는 데 한 시간 걸린다. 유월의 가로수와 담쟁이넝쿨이 마주 보고 경쟁하듯 푸르름을 자랑하고 있다. 이곳은 몇 년 전까지만 해도 나무 한 그루 풀한 포기 없던 삭막한 곳이었다. 지금은 가로수를 심고 담쟁이넝쿨과 아이비를 올리고 그늘진 곳에 옥잠화, 비비추, 구절초를 심어서 제법 산책길다운 면모를 갖추었다. 운동화 끈을 고쳐 매고 어깨를 펴고 전봇대를 터치한다. 그리고 나의 몸에 시작 신호를 보낸다.
> "렛츠 고우!"

이 인용문에는 봉현초등학교가 있고 국사봉 터널이 있다.

그리고 어린 시절에 자기를 나무라던 어머니가 나오고 지금은 멀리 아르헨티나에 계시다는 말이 나온다. 그리고 작품의 말미에서는 "떠나버린 사람이 남기고 간 빈자리처럼, 존재가 떠난 공간은 언제나 허무를 남긴다"고 말하고 있다. 이를 한데 묶어 보면 어릴 적에 어머니가 멀리 타국으로 떠나 버린 후 혼자 남겨진 외로운 작자의 모습이 나타난다. 그것은 모든 것을 잃어버린 허무의 존재다. 그런데 그것이 지금 운동화 끈을 고쳐매고 경쾌하게 산책길을 걸어가는 모습으로 바뀐 것이다.

김정례 문학은 부모와 동생들과 헤어져 혼자 외롭게 남겨진 후 이처럼 경쾌한 걸음으로 이 세상을 살아가는 자신을 그린 자화상이다.

그런데 혼자만의 외로움이 이 작가에게 주어진 운명이었음에도 불구하고 이 문학 세계에는 혼자만이 소외되어 있다는 피해자로서의 센티멘털리즘이 보이지 않는다. 작품 속에서 만날 수 있는 작자는 비록 부모와 동생들과 헤어진 혼자만의 존재지만 오히려 더 많은 이 세상 사람들과 또는 자연과 아우르는 더 큰 가족을 만나고 있다. 그런 의미에서 이것은 다수 속에 묻혀 살면서도 혼밥, 혼술, 혼잠으로 살아가는 현대인들에게 참으로 아름답고 고무적인 삶의 길을 제시하는 철학적 문학의 세계다.

외로움을 극복하며 이런 철학적 인생론에 도달하는 과정에는 많은 슬픔의 기억들이 있다. 이런 슬픔과 외로움을 극복하는 과정이 이런 철학을 성숙시켜 나간 셈이다.

여기서 슬픔의 기억이란 지난날을 회고하는 작품에서 나타난다. '봉천동', '국사봉'이라는 이름과 함께 '나무 한 그루 풀 한 포기 없던 삭막한 곳'이라는 말들이 슬픔의 기억을 전하고 있다.

한강에서 바라보면 국사봉 능선의 이쪽과 저쪽은 딴 세상이었다. 산줄기를 경계로 해서 바깥쪽은 온통 판자촌이었다. 서울에서 너무도 힘겹고 외롭게 살던 소외계층들의 달동네다. 그래서 봉천동 산동네는 한때 이 나라 달동네의 대명사였으며 그들은 4·19 민주정권을 무너뜨리고 약탈한 군사정권이 쓰레기 청소하듯 서울 외곽 산꼭대기로 내다버린 판자촌 사람들이었다. 능선 바깥 쪽으로만 형성되고 가려진 판자촌이기 때문에 서울은 패티 김이 부르던 '서울의 찬가' 그대로 뒤통수는 흉해도 앞통수는 '아름다운 서울'이 되려고 했다.

그런데 지금 그 자리는 예전의 판자촌 달동네가 아니다. 밝고 즐겁고 활기가 넘치는 동네다. 슬픔의 샘물로서의 기억이 땅 속에서 흐르고 있지만 겉은 밝은 동네다. 그래서 장 지오노가 《나무를 심은 사람》에 그린 숲과도 매우 비슷하다. 언덕에 올라가서 매일 도토리를 100알씩 심는 주인공도 슬픈 기억을 잊지 못해 그곳에 왔다가 그 일을 시작했다. 그가 숲을 만들기 전까지 그곳은 나무 한 그루 없는 삭막한 언덕이었기 때문이다.

3. 슬픔이 잉태되던 날

김정례 작자가 그려나간 슬픔의 기억은 〈막냇동생이 태어나던 날〉에서부터 나타나고 있다.

이 작품은 막냇동생이 태어나던 날을 회상하는 글이다. 그날 작자는 아버지가 시키는 대로 동생들을 데리고 밖으로 나갔었다. 동생들을 데리고 멀리 가지도 못하고 현희네 집 처마 밑에 쪼그리고 앉아 시간을 보냈다. 처마에서 떨어지는 빗물이 은빛 알갱이로 부서지며 사방으로 흩어지다가 작은 도랑물이 되어 흐르기 시작하는데, 작자는 이때 흐르는 물과 함께 어디론가 떠나고 싶어진다.

이것은 어린 김정례의 막연한 감상주의였지만 그 후 그 날의 슬픔을 잊지 못한다. 훗날 부모님이 자기만 남겨 두고 동생들을 모두 데리고 멀리 아르헨티나로 떠나버린 사태를 그때 미리 예감했던 것처럼 기억하고 있기 때문이다.

나이 오십을 넘었는데도 나는 가끔 그날 아침처럼, 낙 숫물이 떨어지는 현희네 처마 밑에 쪼그리고 앉아 있곤 한다.

이 작품의 말미는 이렇게 마무리되어 있다. 막냇동생이 태어나던 날 두 동생을 데리고 현희네 집 처마 밑에 쪼그 리고 앉아 있었던 것은 수십 년 전의 일이다. 그러므로 지 금도 낙숫물 떨어지는 현희네 처마 밑에 쪼그리고 앉아 있곤 한다는 것은 이별의 슬픔을 되새기는 상상 속의 자 신이다. 작자는 여기서 이런 상상적 표현을 씀으로써 혼 자 남은 슬픔과 외로움의 직설적 신음소리를 피하고 있으 며, 이런 우회적 표현 때문에 슬픔의 밀도가 더욱 증대되 고 있는 셈이다.

그런데 이렇게 사랑하는 혈육과 완전히 끊겨 버리고

혼자 남은 외로움과 소외감은 작자의 의식세계에 너무도
큰 상처를 남겼으리라고 짐작되는데도 그 결과는 우리가
흔히 예상할 수 있는 것과는 다르다. 귀를 잘 기울이면 지
난날의 슬픈 기억들이 감지될 수 있지만 표면의 그림은
매우 건강한 웃음과 활기가 넘치고 여유가 충만하다.

4. 빛나는 젊은 시절

〈하늘색 대문집〉은 가족이 모두 떠나버린 후 멀지 않은
어느 날의 일을 그린 것 같다. 혈육과의 이별의 슬픔만이
아니라 가난 때문에 힘겹던 시절 같은데 신음소리보다는
힘차고 즐거운 표정이 읽혀진다.

복덕방 할머니는 두툼한 안경 너머로 내 표정을 살피며
담담히 말했다. 나는 '구경이나 한번 해 볼까? 아니면
말고' 하는 심정으로 할머니를 따라 나섰다. 좁은 골목
길을 따라 계단을 오르고 낮은 추녀 밑을 지나, 사람이
지나가면 부슬부슬 흙이 쏟아져 내리는 집들 뒤에 그 집
은 걸린 듯 있었다. 달동네로 유명한 봉천동 산 101번지
꼭대기. 관악산과 맞장 떠볼 태세로 마주 앉은 옹색한

집. 구름이나 드나들라고 하늘을 향해 나 있는 듯한 하
늘색 대문….

이것은 신혼 시절에 셋방살이에 시달리다가 처음으로
마련한 8평짜리 봉천동 집이다. 집값이 97만 원인데 방
하나 세 주고 60만 원으로 사들였다는 '내 집'이다. 셋방
빼면 나머지가 몇 평이었을까? 그래도 '부엌 한쪽에 연탄
도 200장 쌓고, 항아리에 쌀도 채우고 따뜻한 아랫목에
누우니 온 세상을 다 얻은 듯했다'고 한다. 그리고 여기서
행복의 의미를 말하며 '빛나는 젊음이 있던 그 시절'이라
고 적고 있다.

작자의 밝고 건강한 긍정적인 인생관이 여기서 확실하
게 나타나고 있다. 산꼭대기 8평짜리 집을 그나마도 반은
세 주고 살았다면 힘든 소리를 감추기 어려웠을 터인데
작자는 거기서 행복을 말하고 있고, 이때를 '빛나는 젊은
시절'로 기억하고 있다. 무척 억세게 견디고 힘내며 살았
었나 보다.

5. 딸에게 일러주는 행복론

그러면 작자의 행복론은 어떤 것일까? 산꼭대기 8평의 시절도 행복했다고 말하고 그 시절을 빛나는 젊은 시절이라고 말하고 있는 작자는 그때부터 사상적으로 성숙한 인생철학을 만들어 나가고 있었던 것 같다. 그리고 그 철학이 그런 힘겨운 삶을 극복하기 위한 수단이었다면 작자는 그런 슬픔 때문에 그런 아름다운 철학을 갖게 되었다고 말할 수 있을 것이다.

그의 아름다운 인생 철학은 대부분의 작품에서 나타난다.

사랑하는 딸아, 황제의 어깨에 달린 화려한 금단추가 아니면 어떠냐? 나는 네가 이 토끼 인형의 눈이 된 단추 같은 삶을 살았으면 좋겠다. 작고 평범하지만 따스하고 온화한 눈빛으로 이웃에게 말을 걸고 손을 내미는 영혼이 아름다운 그런 삶 말이다. 그리고 어느 작가의 책 제목처럼 네가 어떤 삶을 살든 나는 너를 응원할 것이다.

이것은 〈황제의 어깨에 달린 금단추가 아니어도 좋다〉의 마지막 매듭이다. 어느 날 딸의 코트에서 단추 하나가 떨어져 나간 것을 보게 된다. 작자는 이렇게 떨어져 나간 작은 단추 하나를 소재로 값진 인생론을 펼치고 있다.

작자는 '산다는 건 옷에 매달린 단추의 구멍 찾기'라고 말한다. 그리고 '한 사람을 만나 따스하게 앞섶을 여며주기도 하고 서로를 동여맨 한 사람을 빛나게 해 주기도' 하는 것이 단추라고 한다. 그런데 '때로는 잘못 채워져 어긋나고 뒤틀려져 처음부터 다시 시작해야 하는 것이 단추 채우기'라고도 한다.

여기서 말하는 단추는 인간 상호간의 관계를 말해 주는 어떤 사물의 비유다. 그리고 그것이 아무리 작은 것이라도 우리들에게 얼마나 소중한 것인지를 말해 주고 있다. 여기서 작자는 작고 하찮아 보이는 것을 토끼 인형의 눈에 비유하기도 한다. 작자는 예전에 공장 아저씨가 한 보따리 풀어 놓고 가는 토끼 인형에 박아 주던 작은 단추를 말한다. 작자는 그 단추 눈을 '온화한 눈빛으로 이웃에게 말을 걸고, 손을 내미는 영혼'처럼 기억하고 있다. 그리고 지금 직장에 나가는 이십 대가 된 딸이 아무리 세상이 험하고 힘들어도 그런 마음으로 살아가 달라고 부탁하고 있다.

여기서 단추를 자기 딸에 비유하자면 그녀는 황제의

어깨에 달린 단추가 아니다. 그렇지만 어떤 단추라도 그
것은 남의 앞섶을 여며 주고 서로를 동여매 주는 소중한
기능을 지니고 있는 이상 여기서 삶의 의미를 찾고 기쁨
을 찾을 수 있다는 것이 이 작품의 주제다. 자기에게 주어
진 자리가 아무리 하찮아 보이는 것이라 해도 남을 사랑
하며 함께 살아가는 공생共生의 철학적 의미를 딸과 단추
의 이야기로 형상화한 작품이다.

6. 공생共生

주어진 삶에 대한 자족과 공생의 아름다운 가치는 〈나
는 도시농부〉에서도 잘 나타나고 있다.

작자가 봉천동 산 101번지 언저리에 신혼의 둥지를 튼
것은 수십 년 전의 일이지만 그것은 옛 일이라 해도 이 작
품 속의 집은 여전히 봉천동인 것 같다.

작자는 옥상에 흙을 붓고 상추, 쑥갓, 들깨 등을 가꾼다.
몇 평 농사인지는 알 수 없지만 꽤 다양한 품종을 가꾸고
있다. 그런데 농사법이 특이하다. 씨를 뿌리지 않는다.
모종도 심지 않는다. 지난해 땅에 떨어진 씨앗이 이듬해
싹이 트고 자랄 뿐이다. 살충제도 쓰지 않기 때문에 공생

이 가능한 품종들을 기른다. 그러니까 물 주면서 사랑만 해 주면 자연 속의 여러 식물들처럼 저절로 공생하는 농법이다.

쿠바에서는 지금 이런 농법을 쓰는 곳이 있다. 살충제를 쓰지 않는 대신 함께 공생할 수 있는 품종들을 모아 놓고 물 주며 관심만 기울인다.

이런 공생은 자연 그대로의 삶이며 남들로부터 빼앗지 않고 서로의 삶을 존중하는 삶이기 때문에 서로 빼앗고 해쳐야만 자기가 살 수 있고 살찌며 행복해질 것이라고 믿는 현대인들에 대한 중대한 경고다.

빼앗지 않고 해치지 않고 이 세상은 다 함께 공생 공존해야 한다는 사랑과 평화의 사상은 〈있을 때 잘 하세요〉에서 더 구체적으로 전하며 우리 사회의 잔인한 이기주의와 비도덕성을 혹독하게 비판하고 있다.

이런 경고를 외치고 있는 것은 88올림픽 경기 때 리비아에서 수입해 온 비둘기들이다. 그들은 경기장의 성화대에 불이 붙여질 때 푸른 하늘을 날아오르는 장관을 연출하기 위해서 수입된 비둘기들이다. 그런데 그렇게 환호의 박수 소리가 끝난 직후부터 그들의 운명은 비참해지기 시작한다. 용도가 끝났으니 버려진 것이며 그 다음에는 까치처럼 '유해 야생동물'로 지정된다.

　　사람들에게 찍히면 곰이고, 여우고, 호랑이고 모두 끝장
　　이라니까요. 언제는 가만히 있는 우리를 평화의 상징이
　　니 뭐니 치켜세우더니 이제는 퇴치의 대상이라니 사람
　　들은 알다가도 모르겠습니다.

　　이것은 인간의 야비하고 잔혹한 이기주의를 비판하며
비둘기도 함께 살게 해 달라는 목소리이므로, 이것은 지
구상의 모든 생명체가 화합하며 함께 공존해야 한다는 사
상이다. 그리고 이것은 아귀다툼이 그치지 않는 인간들끼
리만의 세상에 대한 경고이기도 하다.

7. 양파의 철학

　　서로 다른 생명체들이며 서로 핏줄이 다른 이방인들이
라 해도 사랑으로 공생하면 세상이 더 아름답고 삶의 가
치가 있다는 철학사상은 〈이젠 양파라 불러도 좋다〉에서
더욱 적절한 이미지를 찾아내고 이를 통해서 관념적인

논리를 감동적으로 형상화해 나가고 있다.

작자의 학창 시절 별명은 양파였다고 한다.

양파는 좋은 별명이 아니다. 벗겨도 벗겨도 속을 알 수 없는 사람이 양파에 비유되기 때문이다. 그런데 이것은 아주 틀린 비유만은 아닌 것 같다. 김정례는 슬퍼도 울지 않는 사람이다. 고달파도 신음소리를 내지 않는 사람이다. 우산이 없는데 비가 와서 옷이 젖어도 논밭의 농작물이 자라고 개구리들이 짝을 지으며 즐겁게 우는 소리에 귀를 기울이며 함께 웃을 사람이다. 사물에 대한 반응이 그렇게 보통사람들의 예상과는 다르다면 이 작가는 양파다. 그래서 이런 반론을 제기하고 있다.

양파는 까도 까도 겉과 속이 다르지 않으며 아무런 꿍꿍이도 속에 감추고 있지 않기 때문이다.

양파를 가로로 자르면 동그라미의 세계가 나타난다. 큰 원은 작은 원을, 작은 원은 더 작은 원을 품고 있다. 서로를 품어 사랑하고 있는 것 같기도 하다. 둥글게 둥글게 작아지고 작아지다가 다다른 원의 중심. 그곳에 양파는 우주로 뻗고픈 초록의 본능을 품고 있다.

양파가 그 안에 무엇인가 꿍꿍이를 품고 있다면 이는 초록의 꿈뿐이다. 참으로 아름다운 꿈이다. 남들을 둥글게 사랑으로 품고 또 품고 점점 자신을 작게 만들어 나가다가 마지막으로 품는 것이 우주로 뻗고픈 초록의 꿈이라면 양파야말로 무한히 남을 사랑하고 희생하며 푸른 세상을 만들려는 지고지순한 삶의 결정체다.

이것은 수필가로서의 매우 탁월한 문학적 상상력을 보여 주는 대목이다. 작자는 이 글에서 우리 모두가 함께 보듬고 안아 주며 살아가야 한다는 사랑과 공생의 철학을 제시하고 있을 뿐만 아니라, 그 철학을 형상화할 최고의 적절한 이미지를 보여 주고 있다는 점에서 경이롭다.

8. 인간들에게 전하는 메시지

인간성이 고비사막처럼 메말라 버린 이 세상에서 우리는 어디로 가야 구원의 길을 찾을 것인가 하는 철학적 과제와 이론을 참으로 적절한 이미지를 통해서 설명해 주고 있는 또 하나의 수작으로는 〈전봇대〉가 있다.

인파로 북적대는 도심 한가운데 서 있어도 전봇대는 외롭다. 손을 뻗으면 닿을 만한 거리에 수많은 동료들이 있지만 서로 기대거나 의지하지 못한다. 새들도 둥지를 틀지 않는다. 너무 외로워서 목을 빼고 누군가를 기다리고 있는 듯하다. 카톡으로, 페북으로, 인스타로 서로 그물망처럼 엮여 있는 이 시대의 사람들. 소소한 일상까지 사진에 담고, 답글 달고, 좋아요 누르고, 하트를 날리지만, 돌아서면 혼밥과 혼술과 혼잠으로 외롭게 살아가는 현대인을 닮았다.

전봇대는 모두가 잠든 밤에도 불침번을 서며, 비바람과 땡볕과 혹한에도 불평 한마디 하지 않는다. 취객들이 토사물을 쏟아놓고, 행인들의 발길에 걷어차여도, 노하거나 다투지 않는다.

작자는 이 인용문 다음에 더 많은 관찰을 통해서 전봇대의 처참한 모습과 바보처럼 불평도 없이 봉사만 하는 모습을 그리고 있으며, 그를 가리켜서 이 시대의 성자라 불러도 좋겠다고 말하고 있다.

그런데 여기서 작자가 그려나간 전봇대와 그 주변 상황

은 현대 대한민국을 가장 짧은 글 속에 가장 생생하고 정확하게 그려나간 압축도다.

서울 인사동 거리 한모퉁이에 세워진 이 전봇대는 우리 모두가 필요로 하는 모든 일을 위해 최선을 다하고 있다. 온갖 광고판 구실을 하고 홧김에 발길질을 하고 싶은 사람에게 화풀이 상대가 되어 주고, 취객들의 토사물을 받아 주는 구실을 하고 밤을 밝혀 주는 불침번이 되며, 비바람과 땡볕과 혹한을 모두 이겨내며 만신창이가 되어 있다. 그의 머리 위에는 새들도 둥지를 틀지 않는다. 이처럼 힘겹고 외로워도 불평 한마디 없기 때문에 작자는 이를 이 시대의 성자라 불러도 좋겠다고 말한다.

그렇지만 성자가 없는 시대이기 때문에 이런 전봇대라도 성자라고 불러도 좋겠다지만, 그가 보는 이 전봇대는 우리 사회에서 힘겹게 일만 하며 누구의 눈에도 띄지 않는 무관심 속의 소외계층이다. 그리고 이들 중 다수는 불평 한마디 없이 착하게 열심히 자기 역할에만 전념하며 살아가기 때문에 그들은 이 사회의 밤을 지켜 주는 불침번이며 이런 의미에서 이들을 성자라 부르고 싶다는 것이다.

이렇게 말하는 작자의 눈에는 예리한 비판적인 사회의

식이 있다. 그리고 무너져 가는 이 사회에 버팀목이 되고 있는 주체가 과연 누구인지를 분명히 밝혀 주고 있고, 치유의 비결이 무엇인지를 말하고 있는 것이다. 그 치유의 방법은 다름이 아니다. '손수건 한 장 넓이의 땅, 곁가지 하나 없는 회색 몸뚱이'가 전봇대다. 우리도 한없는 탐욕을 버리고 그렇게 필요한 만큼만 소유하며 살면 된다는 것이다. 그러면서도 온갖 일을 다 해내며 그렇게 쓰임받는 것에 보람을 느끼고 하늘을 향해 기도하고 감사하는 삶을 가져야 한다는 것이 작자가 말하는 이 사회의 구원의 메시지다.

그런데 이렇게 친절하게 가르쳐 주는 치유법을 교만하고 미련한 인간들은 읽기를 거부하기 쉽다. 그래서 전봇대라는 시각적 이미지가 필요하다. 이를 통한 비유적 화법은 가슴을 울려 주기 때문이다. 이것이 문학이고 특히 수필이 지니고 있는 예술로서의 미학이다.

이 작품에서 작자는 특히 현대 한국인상을 압축적으로 그려내고 있다. 모두 한데 얽혀 살면서도 너무 외로운 인간상으로서의 한국인이다. 그리고 이런 파국을 몰고 온 원인을 인사동 골목길의 전봇대를 통해서 알려 주며 우리는 과연 어디로 가야 할 것인지 구원의 메시지를 극명하게 감동적으로 전달하고 있다.

문학은 사상과 감정을 언어로써 감동적으로 전하는 예술이라는 정의와 함께 수필은 이런 사상과 감정을 가장 짧은 형태로 전하는 산문예술이라는 정의에 의해서 평가하자면 김정례의 〈전봇대〉만큼 완성도가 높은 작품은 다른 데서 찾아보기 어렵다. 이 작품은 고매한 정서, 심오한 철학적 사상성, 그리고 이를 전할 최상의 이미지를 창출해 내고 이를 정확한 논리와 서정성을 겸비한 우수한 문장으로 엮어 내는 기법 등을 모두 갖추고 있다. 그러므로 이만큼 수필의 모든 조건을 훌륭하게 완성시킨 작품은 지금까지 우리 수필문학사에서 달리 찾아볼 수 없을 것이다. 그리고 세계 문학 속에서 살펴봐도 마찬가지일 것이라고 감히 말해도 좋다.

문학작품은 그 작자에게 일찍부터 주어진 개인적 삶의 환경과 그 민족의 역사적 배경과 이를 극복하는 의지와 진지한 사고력 여하에 따라서 성격이 달라지고 수준이 달라진다. 이런 점을 고려한다면 이런 우수작은 다른 지역에서는 만나기 힘들 것 같다.

이 작가의 다른 작품들도 소재와 주제와 작법의 다양성을 보이지만 모두 우수하다.

〈Here and Now〉는 젊은 시절 다 지나가고 60대가 되는 여인의 서글픔을 말하면서도 유머와 함께 건강하고 활기찬 긍정적 사고를 보여 주는 재미있는 작품이다. 그리고 〈빙수예찬〉은 매우 예리한 관찰력과 우수한 표현력으로 역시 활기찬 삶의 기쁨을 한껏 전하는 우수작이며 〈전철 안 풍경〉은 소설적 표현 기법으로 노인들의 한껏 즐거운 모습을 재미있게 그려내고 있다. 많은 사람들로 붐비는 공공장소지만 처음 만나는 남녀 노인들이 술 한잔씩 권하며 우정을 나누는 장면에는 한 많은 한국 근대사의 소용돌이 속에서 힘겹게 살아오다 이제 황혼을 맞은 사람들에 대한 작자의 따뜻한 사랑이 전해진다. 그리고 〈한강대교의 사계〉에서 작자는 그동안 살아온 세월을 봄, 여름, 가을, 겨울의 한강 풍경에 담아 회고하고 있다.

삼십여 년 전 이맘때쯤. 나는 한 청년과 함께 버스를 타고 이 다리를 건넜다. 그 당시에는 다리 위에 가로등이 없었던지 사방이 깜깜했다. 차가 강물로 곤두박질칠 것 같은 두려움에 청년의 손을 꼭 잡았던 생각이 난다.

이렇게 한 남자와 한강다리를 건너서 간 곳이 아마도 삼십여 년 전의 봉천동 어디쯤이었던 것 같다. 여기서 '가난'이라는 말이 나온다. 혈육들과의 이별이라는 슬픔에 가난이라는 또 하나의 굴레가 겹치는 인생 여정의 시작이다. 그렇지만 그것은 김정례 수필문학이라는 값진 유산을 남기게 되는 첫 출발점이기도 하다.

가장 좋은 열매는 슬픔을 마시고 그 역사를 기억하는 나무에서 열린다. 김정례는 그런 나무들을 키워 왔다. 그곳에 가면 사람들이 온갖 새들과 나비들과 산짐승들과 함께 사랑하며 공생하는 평화의 숲을 보게 될 것이라고 말할 수 있을 것이다.